오늘도 네가 있어 마음속 꽃밭이다

오늘도 네가 있어
마음속 꽃밭이다

나태주 산문

열림원

차
례

1. 나처럼 살지 말고 너처럼 살아라

2. 우리는 이미 행복한 사람

3. 풀꽃의 모양은 풀꽃에게 물어라

4. 우리, 함께 멀리 갑시다

나처럼 살지 말고

너처럼 살아라

1

나처럼 살지 말고 너처럼 살아라

처음에는 그저 시가 잘 안 써져 시작한 일이었다. 스스로 연필을 잡고 종이 위에 풀꽃이라도 열심히 그리면 사물을 바라보는 새로운 안목이 좀 틔지 않을까 싶은 막연한 기대에서였다. 허나 풀꽃을 그리면서 나는 여러 가지 얻은 게 많다. 우선 그림을 그리다보면 시간이 빠르게 지나가버린다. 어딘지 모를 곳에 아득하게 빠져들어 간 듯한 느낌이다. 나를 따라다니며 괴롭히는 자의식에서 해방되는 느낌이다. 나는 지금까지의 내가 아니어도 좋다. 풀꽃을 그릴 때 나는 한 송이의 풀꽃, 한낱의 풀 이파리가 되기도 한다. 말하자면 그것은 내가 무아경에 이르는, 나 자신을 초월하는 신비한 시간이기도 하다. 그러면서 나는 사물의 본질에 나도 모르게 슬그머니 닿았다가 되돌아오곤 한다. 거기서 느낌이 생기고 모습과 소리가 따르고 또 몇 줄기 말씀이 눈을 뜨기도 한다. 그때의 그 황홀감이라니!

그건 나무를 그릴 때도 그러하다. 가령 학교 운동장가에 흔하게 서 있기 마련인 플라타너스 두 그루를 그린다 치자. 나의 연필 끝이 천천히 나무의 밑동을 그리고 나무의 가지를 그려나간다. 그때 나는 발견하게 된다. 어라, 저것 좀 보게. 두 그루의 나무가 하늘로만 곧장 자라 올라간 것이 아니라 위로 뻗어 올라가다가 어느 지점에서는 서로 몸을 비켜서 삐뚜름히 자랐군그래. 서로 햇빛과 바람을 고르게 나누어 받기 위해서 말이야. 저런 모습을 보면 우리네 인간들이 얼마나 게걸스럽고 욕심 사납고 못돼먹었는가 하는 걸 알게 되지. 이런 나무들이야말로 인간에게 양보와 겸손과 공생의 미덕을 가르쳐주는 선생님이 아닐 수 없어.

또 두 그루의 소나무를 그린다 치자. 상록수요, 침엽수인 소나무들의 가지는 활엽수인 플라타너스보다 그 가지의 생김이 복잡해서 솔 이파리가 엉켜 있는 부분을 처리하기가 까다롭다. 이파리 속에 가지가 적당히 숨어 있기도 하고 또 드러나 있기도 해서다. 소나무는 특히 그 가지의 자람과 어울림이 기묘하고 특이하다. 어떤 가지는 하늘 높이 힘차게 기지개를 켜는 꼴이지만 또 어떤 가지는 어깨를 축 늘어뜨린 모습이요, 또 어떤 가지는 슬그머니 팔을 돌려 옆에 서 있는 또 하나의 소나무를 안고 있는 시늉을 하고 있다. 저것 좀 보아. 두 그루의 소나무가 어깨를 맞대고 기대어 있군. 하나의 소나무가 슬그머니 팔을 뻗어 또 하나의 소나무를 감싸 안아주고 있군. 두 그루의 소나무 그림을 바라보고 있노라면 빙그레 웃음이 나온다. 이런 소나무 그림을 통해서 나는 우애와 화해를 배우게 되고 자연 속에 숨겨진 깊고도 은근한 정서의 강물을 만나게 된다.

나의 그림 그리기가 절정에 이르는 것은 난초를 그릴 때다. 난초는 실제의 생김새도 귀티가 있고 우아하지만 그림으로 그려놓고 보면 많은 느낌과 생각의 터전을 마련해준다. 얼핏 보기에 난초의 모습은 단조롭다. 그저 아무렇게나 뻗어 있어 그게 그것인 것처럼 엇비슷하게 보이는 것이 난초 이파리지만 눈여겨 자세히 보면 난초 이파리는 서로 닮은 녀석이 하나도 없다. 모두가 제각각이고 철저히 개성적이다. 난초 이파리가 이렇게 시원스레 뻗어 있기 위해선 적당한 허공이 필요하다. 말하자면 허공이 난초 이파리를 존재케 한다는 얘기다. 허공이 있어야 할 자리에 다른 물체가 있다면 난초 이파리가 과연 지금처럼 저렇게 멋스럽게 뻗어 있을 수 있을까? 그러고 보면 허공이란 아무것도 없는 그 무엇이 아니라 없는 것 자체로서 존재하는 그 무엇이 된다. 그렇다. 난초 이파리는 나에게 허공의 실재와 그 의미를 가르쳐준다.

그뿐만 아니라 난초 이파리는 조화와 화합의 아름다움과 그윽함을 깨닫게도 한다. 이런 난초 이파리를 보면서 떠오르는 말은 화이부동和而不同이다. 서로 조화를 이루어 어우러지되 부화뇌동하지 않고 서로 천박하게 닮지는 말라는 말씀이 그것이다. 우리 인간들은 화합하기도 어렵고 각자의 개성을 살려 살기도 어렵다. 화합하라고 하면 전체주의로 흐르기 쉽고, 개성을 살리라 하면 이기적 개인주의에 빠져 버리기 쉽다. 화합은 하되 개성을 잃지 않는다는 것. 이 얼마나 쉬운 것 같으면서 어렵고, 간단하고 작은 일 같으면서 복잡하고 큰 문제인가.

어른들은 어린 세대들에게 '나처럼 해보라'고 가르치고 '나처럼 살라'고 요구한다. 그러면서 '너처럼 해서는 안 된다'라고 말한다. '이렇게 해야만 되지, 저렇게 해서도 안 된다'라고 손을 내젓는다. 그것이 지금까지 우리들의 교육이었고 제도였고 또 법이었다. 과연 그러할까?

조그맣고 보잘것없는 풀들도 제각기 다른 모습을 하고 제각기 다르게 살고 있으며, 산의 모습, 나무들의 모습도 제 나름대로 품격을 지니면서 서로 어울려 살되 제 타고난 본성을 잃지 않는데 하물며 사람들의 사는 모습이 이래서야 쓰겠는가. 특히 난초 이파리를 보라. 엇비슷한 이파리들이 하나도 닮거나 비슷한 것이 없고 그 이파리들은 또 제가 뻗어야 할 마땅한 허공을 찾아 뻗으면서 좌우 균형을 유지하고 있지 않는가.

나이 든 사람, 위에 있는 사람, 앞선 사람, 힘 있는 사람들이 먼저 달라져야 한다. 자기가 가지고 있는 것을 젊은 사람, 아래에 있는 사람, 뒤따라오는 사람, 힘없는 사람들에게 강요하지 말아야 한다. 세상 모든 생명체들은 제 나름대로 몫이 있게 마련이다. 제 목숨의 몫만큼 살 권리가 있다. 그러므로 모든 목숨 가진 존재는 자유로워야 한다. 그리하여 부디 '나처럼 살지 말고 너처럼 살라'고 등 두드려 각자의 방식대로 살도록 해야 한다. 그러면서도 그 '제각각'이 서로 조화를 이루어 하나로 어울릴 수 있다면 얼마나 좋은 일이겠는가.

오늘의 건강 연습

오늘도 산행을 했다. 산행이라 해도 대단한 것이 아니다. 한 시간 정도 아내와 함께 우리 마을 앞산을 한 바퀴 돌아오는 산행이다. 우리 집 가까이 이렇게 좋은 산길이 숨어 있었나 싶을 정도로 좋았다. 이미 많은 사람이 다녀간 흔적이 있었다. 정작 우리 내외만 모르고 있었던 게 아닌가 싶었다.

아내와 앞서거니 뒤서거니 하면서 가다가 쉬고, 쉬다가 다시 가곤 했다. 오르막길은 적당히 경사지고 숨이 차서 좋았고, 내리막길은 적당히 미끄러운 길이어서 또한 좋았다. 솔잎이며 활엽수 잎들이 떨어져 있어서 산길은 스펀지를 밟는 것처럼 폭신한 느낌이 들었다. 산길은 주로 소나무 수풀 속에 있어서 반쯤 그늘이 드리워져 있었고 바람이 부는 것도 아닌데 드러난 목덜미가 써늘했다. 그건 솔향기 때문이었을까. 산속엔 이미 깊은 가을이 머물고 있었다. 아니다. 가을은 어느새 떠나갈 준비를 서두르는 듯 뒷모습을 보였다.

실로 가을 산길은 겸허하다. 여름 동안 굳게 잠갔던 마음의 빗장을 풀고 인간의 번잡스러운 접근을 부드럽게 허용해준다. 어디든 훤하게 드러나 보인다. 가을 산을 오르다 보면 산에도 길이 참 많다는 걸 알게 된다. 주로 등산로이고 나물 캐는 사람들이 다녔음직한 좁은 길이다. 흐려서 보일 듯 말 듯한 길. 그러한 길로는 마음도 자분자분 소리를 만들지 않고 멀리까지 가고 싶어 한다. 아서, 아서. 사람들이 많이 다닌 길로 가야만 해. 마음을 달래며 가는 산길에서 들리는 소리는 안 좋은 것이 하나도 없다.

낙엽 갈리는 소리, 물소리, 벌레 소리, 바람 소리. 그 가운데에서 가장 좋은 것은 새소리다. 상수리나무 꼭대기, 밝은 햇빛 속에서 새들이 떼를 지어 우짖고 있다. 시끄럽지만 결코 시끄럽게 들리지 않는 소리. 무릇 자연의 소리가 그러하듯 새소리 또한 그렇다. 지금 녀석들은 햇빛을 쪼아 먹느라 저렇게 요란스러운 소리를 내는 게 아닌가. 나는 그런 엉뚱한 생각을 해본다.

요즘 나는 사는 방법을 많이 바꾸었다. 병원에서 오래 머물다 나오기도 하고 직장에서 물러난 이후 찾아온 변화라 하겠다. 요점은 지금까지 이렇게 살던 것을 앞으로는 저렇게 살겠다는 것이다. 하던 일 가운데 계속할 필요가 있는 일은 당연히 그렇게 하겠지만 가능한 범위 안에서 바꾸어 살겠다는 생각이다. 지금껏 만나온 많은 사람도 가려서 만나고 싶다는 것이다.

실은 오늘도 교직의 옛 동료들이 만나자 그랬지만 아내와 산을 찾는 일이 더 급하고 중요하겠기에 그 길을 택했다. 참말로 이제는 되는 대로, 나 살고 싶은 대로 살고 싶다. 지금껏 나는 너무도 많은 제약과 굴레 속에서 살았다. 너무 많은 약속을 하며 살았다. 이제는 아무런 약속도 하지 않고 살고 싶다. 남은 생애만이라도 자유롭게 살고 싶다. 남들 눈치를 살피지 않고 살고 싶다. 지금까지 내가 여러 사람들 속에서도 한가하고 때로는 고독한 사람으로 살았다면 이제부터는 혼자서도 바쁘고 고독하지 않은 사람으로 살겠다는 것이 나름의 한 결의다.

병원에서 풀려나온 뒤로 무엇 하나 감사하지 않은 것, 눈물겹지 않은 것이 없다. 숨 쉬는 것도 감사하고 물 한 잔 마시는 것도 감사하고 부는 바람도 감사하고 밝은 햇빛도 감사하고 고추잠자리 한 마리 아직도 가을 햇빛 속에 힘없이 날아가는 것을 보아도 문득 눈물겹다. 더하여 아내와 이렇게 둘이서 산행을 하는 것은 얼마나 크나큰 기쁨의 항목이라 말해야 할 것인가.

돌아오는 길에 된서리를 맞아 무너져 내린 고추밭이며 호박 넝쿨을 보았다. 그리고 활짝 핀 국화꽃들도 보았다. 국화꽃 위로는 벌떼들이 엉기고 있었다. 말벌이라 했던가? 아니, 말벌은 독침이 있는 벌이지만 이 벌들은 말벌처럼 몸집은 크지만 독침이

오늘도 네가 있어 마음속 꽃밭이다

없는 벌들이다. 이맘때면 꼭 이렇게 국화꽃을 찾아오는 단골손님이다. 그러나 이들은 머지않은 날에 일 년 치기로 선물 받은 저들의 생명을 반납하게 될 것이다. 이제 가을이 물러가면 그 뒤를 따라 겨울이 오겠지. 찬바람이 불기도 하겠지만 새하얀 눈이 내리는 날도 있겠지. 이 또한 나에겐 얼마나 감격스러워 마땅한 일이겠는가! 오늘의 건강 연습은 여기까지다.

져줄 줄 아는 사람

우리네 삶은 어차피 하나의 게임과 같은 것이다. 올라가고 내려가고, 이기는 편이 있는가 하면 지는 편이 있기 마련이다. 기왕이면 올라가는 인생, 이기는 인생이기를 소망할 것이다. 그러나 매양 그럴 수 없다는 데에 고민이 따른다. 열악한 환경에 처했을 때 인간은 조그만 승부욕에 더욱 집착하게 된다. 이겨야 한다. 져서는 안 된다, 그렇게 자신을 닦달하게 된다.

내 경우도 마찬가지. 무엇 하나 남보다 우월한 게 없었다. 어린 시절엔 인간적 노력보다는 타고난 조

오늘도 네가 있어 마음속 꽃밭이다

건이 더 중요하게 작용한다. 신체적 조건, 부모의 직업, 가정 환경, 고향, 가문 등. 정말로 내세울 게 하나도 없었다. 머리 하나 명석하다는 것이 어려서부터 어른들이 거는 기대였다. 이런 경우 사람은 편벽지게 된다. 어딘가로 내밀려 오직 한 길이란 생각에 붙잡힐 수밖에 없게 된다. 그야말로 죽기 아니면 살기, 외통수가 되는 것이다. 절대 져서는 안 되는 일이었다. 오로지 이겨야 했다. 이기는 것만이 살아남는 길이었다.

이런 사람치고 성격이 모질지 않은 사람이 없다. 그가 유순한 인간으로 보인다면 그건 겉치레만 그럴 뿐 내면은 더욱 강퍅하기 마련이다. 어려서부터 지는 방법을 배우지 못했다. 누구나 어린 시절 어른들로부터 지는 방법을 배울 필요가 있다. 그러므로 어른들은 어린 세대들에게 너그러울수록 좋다. 그러나 나의 경우는 그러지를 못했다. 이기라는 말만 들으며 자랐다. 양보는 미덕이 아니요, 수치였고 패배였다. 그래서 칭찬도 받았고 나름대로 성취감도 있었다. 또래들과 어울려 운동경기라도 즐겼다면 지는 방법을 배웠을지도 모른다. 그러나 운동하고는 애당초 거리가 멀어 스스로 배우는 기회마저 얻지 못했다. 오기만이 가득 찬 인간이 되고 말았다.

어른이 되어 아이들을 낳아 키우면서도 양보하는 방법, 때로는 질 수도 있다는 걸 가르치지 못했다. 아예 그러려 하지 않았다. 나의 모범은 이기는 것이었고 오로지 앞으로 나아가는 일이었다. 입에 발린 말이 잘하라는 말이었고 남들한테 뒤져서는 안 된다고, 이기라고만 요구했다. 우리 아이들은 어려서부터 부모를 대신해서 세상에 나가 싸우는 싸움꾼이었다. 아내도 아침마다 문밖으로 아이들을 내보내면서 잘하고 오라고 등을 밀었고 저녁이면 오늘도 잘하고 왔느냐며 아이들을 맞았다.

나는 지금도 나 자신이 어린 시절, 질 줄 모르던 아이였던 것을 부끄럽게 생각한다. 더구나 나의 아이들에게 양보하는 인간, 져줄 줄 아는 사람의 본을 보이지 못한 것을 후회스럽게 생각한다. 날마다 최선을 다하며 산다는 것은 얼마나 피곤한 일이고 지긋지긋한 일이겠는가. 오늘도 최선을 다하자, 뭐 그

오늘도 네가 있어 마음속 꽃밭이다

런 게 내가 아이들에게 요구한 가훈 비슷한 것이었으니까 말이다.

딸아이보다 아들아이에게 지는 것을 가르치고 본을 보여주지 못한 게 참으로 안타깝다. 너무나 경직되게 사는 모습만 아이에게 보여주었고 또 바라지 않았나 싶다. 질 줄 아는 것도 마음의 능력이다. 마음의 넓이, 유연함, 너그러움이 있어야 가능한 일이다. 빡빡하게 사는 인생, 앞서는 인생, 승리하는 인생도 좋다. 그러나 때로는 슬그머니 져주는 인생도 부드럽고 여유 있어서 충분히 아름다울 수 있는 인생이다. 기회가 허락된다면 이제라도 아들아이에게 져주고 싶다. 양보하며 살고 싶다. 한 번이 아니라 여러 차례 그렇게 하고 싶다. 그래서 아들아이가 제 아이를 낳아서 기를 때 질 줄도 알고 양보할 줄도 아는 인간의 본을 보여주기를 희망한다.

어떤 주례

오늘 다시 부산에 다녀왔다. 보통 때는 문학 강연이 목적이지만 오늘은 주례가 목적이었다. 가끔 주변 사람들의 청에 따라 주례를 서지만 이번의 주례는 매우 특별한 주례다. 딱 한 번 만난 일이 있는 신부의 청에 의한 주례이기 때문이다.

작년 여름이었다. 대전의 한 강연장에서 사인을 할 때 한 여인이 와서 자기가 내년에 결혼식을 올리는데 주례를 서줄 수 있느냐고 물었다. 그야, 뭐 못 해줄 게 있겠느냐며 가볍게 대답하며 명함을 건넸다.

오늘도 네가 있어 마음속 꽃밭이다

그 여인에게서 연락이 왔고 주례를 정식으로 청하면서 청첩장과 함께 부산행 왕복 티켓이 메신저로 왔다. 이제는 안 갈 도리가 없게 되었다. 그래서 미리 날짜를 비워두었다가 주례를 서러 갔다.

가던 날이 장날이라고 그날이 마침 태풍이 부산 지방으로 스쳐 지나가는 날이었다. 태풍을 뚫고서 찾아간 부산이었다. 부산역에 내리자 역시 비바람이 거셌다. 하지만 예식 주체로부터 자동차가 와서 불편하지 않게 예식장까지 갈 수 있었다.

손님들이 많았다. 비록 태풍이 지나는 날씨지만 와야 할 사람은 모두 왔겠지 싶었다. 실은 이렇게 악조건 속에 찾아준 하객들이 더 의미 있고 반가운 것이다. 그건 혼주나 신랑 신부 측에서 더욱 다감하게 받아들이는 일이었을 것이다.

결혼식은 잘 치러졌다. 이름난 탤런트가 경영하는 예식장이라서 격조 있었고 피로연 장소도 고급스러웠다. 여러 가지로 특별한 경험을 한 날이었다. 하루를 통째로 썼지만 결코 나는 그것을 잘못 썼다고 생각지 않는다.

오히려 오래 기억에 남는 하루였다고 생각하고 싶다. 비록 한 번밖에 만난 일이 없는 사람이지만 그에게 결혼식은 평생을 두고 가장 귀중한 행사 가운데 하나다. 그런 행사에 내가 주례를 맡은 것 역시 의미 있는 일일 것이다.

돌아오면서 나는 인간과 인간의 약속에 대해서 생각해보았다. 어떠한 약속도 지켜야 한다는 것이 나의 지론이다. 중국 고사에 나오는 미생지신尾生之信이란 이야기가 있다. 미생이란 한 남자가 약속한 여인을 기다리다가 홍수로 물이 불어난 다리 밑에서 익사한 이야기다.

후세의 책에는 그 남자를 어리석은 사람의 표본으로 삼는다. 그러나 나는 그 사람의 눈물겨운 약속 이행에 찬사와 지지를 보낸다. 오기로 한 장소에 보다 빨리 여인이 왔더라면 죽지 않았을 남자가 아닌가 말이다. 나쁜 건 오히려 약속을 안 지킨 여인 쪽이다.

무릇 약속은 지켜져야 한다. 그건 죽은 사람과의 약속도 마찬가지다. 오늘날 세상에는 너무나 약속을

오늘도 네가 있어 마음속 꽃밭이다

잘 지키지 않는 사람들이 많다. 뻔뻔한 사람들이 너
무나도 많다. 그래서 세상이 어지러운 것이다.

윤동주 불패

이번에 윤동주 시인에 관한 책을 한 권 썼다. 썼다기보다는 편집했다는 말이 더 적당할 것이다. 윤동주 시인의 시 가운데서 어린이들이 읽어도 좋을 시들만 골라서 편집하고 거기에 해설과 감상을 다는 식으로 만든 책이다. 윤동주 선생과 내가 협동하여 만든 책이라 할 것이다.

청소년 시절부터 좋아했던 윤동주 시인의 시편들. 이번에 다시 한번 찬찬히 들여다보는 기회를 가졌다. 윤동주 시인의 시를 볼 때마다 느끼는 것은 이분의 모국어 사랑이다. 시집 어디에도 일본 말을 사용한 증거가 없다. 심지어 '다다미방'이라고 써야 할 부분에도 '육첩방'이라고 창의적으로 표기했다.

당시는 조혼의 풍조가 있던 시절이다. 하지만 윤동주 시인은 29세까지 결혼을 하지 않고 공부만 하고 시만 썼다. 왜 그랬을까? 윤동주 시인에겐 공부하는 일과 시 쓰는 일이 독립운동을 하는 일이었고 애국운동을 하는 일이었기 때문이다. 바로 이것이다. 이 점이 일본인들의 눈에 거슬린 것이다.

그래서 아무런 죄도 짓지 않은 시인을 붙잡아 옥에 가두고 벌을 주면서 죽음에 이르게 한 것이다. 너무나도 아깝고 안타까운 죽음이다. 이러한 윤동주 시인을 생각하면 무한히 미안스러운 마음을 느낀다. 우리가 잡혀서 갇힐 감옥에 그가 잡혀서 갇혔고 우리가 죽어야 할 자리에 그만 혼자서 죽은 것이다.

이 대목에서 우리는 예수 그리스도를 떠올리게 된다. 신과의 약속을 지키기 위해서, 인간의 원죄를 구원하기 위해서 억울한 누명을 쓰고 돌아간 예수. 그러기에 후세 사람들은 그를 따르는 것이고, 그를 신앙의 대상으로 삼은 것이다.

어쩌면 윤동주 시인은 우리 민족에게 있어 시인으로 온 또 한 분의 예수인지도 모른다. 세상에서 인간으로 산 기간이 너무 짧아서 아쉽지만, 그에게는 상당량의 시작품이 남았기에 그 시들로 영생하는 목숨이 바로 윤동주 시인이다. 그 자체가 부활이고 축복이다.

한 시절 '강남 불패'란 말이 시중에 있었다. 서울 강남 쪽에 땅을 사거나 아파트를 사면 절대로 손해 보지 않고 망하지 않는다는 말이다. 이 말을 본떠서 나는 '윤동주 불패'란 말을 하고 싶다. 윤동주 시인의 시작품이나 이름을 넣어서 책을 만들면 절대로 망하는 일이 없다는 말을 빗대어 하는 말이다.

그건 정말로 그러하다. 윤동주 시인의 시집은 딱 한 권이다. 이걸 어떻게든 새롭게 편집해서 펼치면 그 책이 나간다. 왜인가? 한국인 모두의 마음속에 윤동주 시인에 대한 부채가 있기 때문이다. 미안함으로 섭섭함과 안타까움으로 억울함으로 남아 있는 윤동주 시인에 대한 마음의 빚을 그런 식으로 갚는 것이리라.

풀꽃 그림을 보내며

— 병원 뜨락에서, 이해인 수녀님에게

병원 뜨락에 꽃들이 여간 많은 게 아닙니다. 꽃에 대해 별로 관심이 없던 사람들도 지나가다가 뜨락의 꽃들을 유심히 바라보는 것을 자주 봅니다. 꽃을 꺾거나 밟는 사람은 전혀 없습니다. 그만큼 사람은 병원에 오기만 하면 나약해지고 또 선량해지는 모양입니다.

꽃들이 제때를 알아 순서대로 피고 지는 것을 봅니다. 참 신통하기도 한 일이지요. 얼마 전까지만 해도 화려하게 피어 있던 산수국, 물레나물, 내가 '꼬치

꽃'이라 이름 지어 부르던 리아트리스, 샤스타데이지(일명 마가렛) 같은 꽃들이 한물가고 쥐오줌풀꽃도 시들하고 지금은 비비추꽃들이 실한 꽃대를 힘차게 밀어 올리고 있고 꼬리풀꽃들이 한창입니다.

멀리, 하늘 멀리 휠체어에 앉아 환의를 입은 채 꼬리풀꽃들을 그리고 있는 나의 모습이 보이시는지요? 꼬리풀꽃들은 연보랏빛입니다. 수줍은 암말 꼬리 같은 꽃대를 하늘 속으로 밀어 올리고 하늘의 속살을 간질이듯이 작은 바람에도 가들가들 떱니다. 그림을 그리고 있을 때 머리 위 높은 나뭇가지에서 매미들이 따르르 소리의 강물을 길게 길게 풀어놓습니다. 그러자 바람이 다시 와 꼬리풀꽃들을 흔들어줍니다.

그림 속에서 매미 소리가 들리시는지요? 그리고 꼬리풀꽃들을 가볍게 흔들고 지나가는 바람을 느끼시는지요? 가까이 물감이 없어 연필로만 그려서 보냅니다.

오늘도 네가 있어 마음속 꽃밭이다

2007. 7. 30 Webb

링컨 바지

그녀와 나는 친구다. 남녀 사이에 친구가 가능한 일이냐, 그럴 테지만 그래도 그녀와 나는 친구다. 이십 대 이래 그래왔다. 그녀와는 못 하는 이야기가 별로 없다. 스스럼없다. 어떤 이야기든지 하고 또 어떤 이야기든지 통한다. 아마도 그건 나만 그런 게 아니라 그녀도 마찬가지일 것이다. 그러기에 그녀는 나의 친구이고 남녀 사이에 친구가 가능하게 되는 것이다.

우리는 혜화동 부근의 한 작은 음식점에서 만났다. 밥을 먹기 위해서였지만 더 많이는 밀린 이야기를 하고 싶어서였다. 수년째 한 번도 길게 만나 이야기 나눈 적이 없었다. 이야기는 자연스럽게 살아온 이야기, 인생 이야기, 자녀들 이야기로 모였다.

나는 이번에 호되게 앓은 이야기, 죽음의 나라 문턱까지 다녀온 이야기를 듬성듬성 늘어놓았다. 그러면서 아이들에게, 특히 아들아이에게 잘못한 일들이 많아서 죽을 수 없었고, 또 아들아이가 사흘 밤낮을 애타게 불러줘서 도저히 죽을 수 없었다는 말을 했다. 그녀는 내가 하는 이야기가 아무래도 이해가 되지 않는다는 듯 희미한 눈빛으로 나를 바라봤다. 임사체험臨死體驗. 그야말로 죽음의 나라 바로 앞까지 갔다가 돌아온 내 경험담 앞에서 우리는 한동안 머뭇거렸다.

그다음 이야기는 아이들 키우던 시절로 돌아갔고 나는 아이들 어렸을 때 먹을 것이며 입을 것 제대로 챙겨주지 못한 일이 지금 와서 마음에 걸린다는 말을 했다. 구체적으로 과외 공부 한 번 제대로 시켜주지 못하고 아이들이 그리도 먹고 싶어 하던 켄터키 치킨이며 과일 같은 것을 사주지 못한 일, 모질게 함부로 대한 일, 학부형들로부터 헌 옷가지를 얻어다 입힌 일들에 대해 이야기했다.

그러자 그녀가 링컨 바지 이야기를 꺼냈다. 그녀도 자기 아이들을 기를 때 헌 옷을 많이 입혔다는 것이다. 더욱이 막내에게는 언니들이 입다가 물린 옷만 줄창 입혔다고 한다. 그래서 막내는 거의 새 옷을 입은 적이 없을 정도였고, 바지 종류가 가장 많이 그랬다는 것이다. 막내에게 언니들이 입던 바지를 입힐 때는 낡은 바지에 볼펜으로 별표를 그려준 다음, '링컨 바지'라고 이름을 지어주고 입으라 했다고 한다.

링컨 바지, 재미있는 이름이다. 그건 어디에 따로 나와 있는 이름이 아니다. 그녀가 지어낸 이름이라고 했다. 우리가 아는 것처럼 링컨은 매우 가난한 집안의 아이였다. 그러므로 낡은 바지를 입으며 자랐으리라는 것이 그녀의 짐작이었으리라. 그녀는 글쓰는 사람이고 오랫동안 교직 생활을 했던 사람이다. 과연 그녀다운 발상이자 육아법이었다.

그렇다면 우리 집 아이들도 링컨 바지를 많이 입

으며 자란 셈이다. 젊은 시절 나는 가난이란 것은 다만 불편한 것일 뿐이지, 결코 부끄러운 것이 아니라고 믿었다. 그래서 궁색한 삶도 견뎌낼 수 있었고 지나칠 만큼 당당할 수 있었고 남의 눈치도 보지 않고 살아갈 수 있었다. 그러나 내가 그 부분에서 간과한 것이 있다. 그것은 혼자만의 생각이지, 아이들에겐 결코 그렇지 않다는 사실이었다. 아이들은 의식 있는 어른도 아니고 무엇보다도 내가 아니었다.

자신의 궁핍을 가리기 위해서 아이들에게 자신의 생활방식을 강요하다니! 새 옷을 사서 입힐 수 있었지만 의도적으로 헌 옷을 내려 입힌 그녀의 아이들에겐 충분히 헌 바지가 링컨 바지일 수 있다. 그러나 우리 집 아이들은 부모가 새 옷을 사서 입힐 수 없었기 때문에 헌 바지는 헌 바지일 뿐 링컨 바지는 될 수 없었다.

지금 와서 생각해보니 아이들에게 참 뻔뻔하고 미안한 일이었다. 나름대로 잘 해냈다고 자부하는 일조차 지나고 나면 이렇게 잘못한 일들이 많고 후회스러운 일들이 많다. 이래도 후회스럽고 저래도

잘한 일이 못 되는 인생. 인생이란 건 어차피 어쩔
수 없는 그 무엇이 아닌가 싶다.

오늘도 네가 있어 마음속 꽃밭이다

날개돋이

삼십 대 중반의 일이다. 저녁 시간에 술을 마시거나 밤늦도록 책을 읽고 자고 일어난 다음 날 아침은 늘 찌뿌드드했다. 전신이 나른하고 마음이 맑지 않았다. 그런 날 아침 나는 즐겨 약수터로 물을 뜨러 가곤 했다. 마침 여름 방학을 맞아 집에서 며칠 쉬는 날이었다.

그날도 일락산 아래 해지게 마을의 약수터로 물을 뜨러 가는 길이었다. 약수터로 가려면 공주교육대학교 교정을 지나게 된다. 공주교육대학교는 나의 모교인 공주사범학교의 후신으로 늘 친근감이 있던

학교요, 당시에 내가 근무하던 부속초등학교의 큰집
과 같은 학교였다.

정문을 지나 대학의 뒤뜰, 여러 그루 벚나무가 우
거진 부분을 지나고 있었다. 나무 아래에는 풀들이
자라 우거져 있었다. 신발에 이슬이 차였다. 주변을
살피면서 조심스레 앞으로 나가는데 벚나무 둥치에
무언가가 보였다. 그것은 놀랍게도 방금 우화羽化하
고 있는 매미였다.

우화란 우리말로는 '날개돋이'다. 곤충의 번데기
에서 날개 돋은 성충이 나오는 것을 말한다. 나비가
그 대표적인 예이고 하늘을 나는 매미 또한 여기에
속한다. 나는 눈빛을 반짝이며 그 번데기 옆으로 다
가갔다. 난생처음 보는 광경이었다.

번데기의 등껍질은 위아래 직선으로 날카롭게 터
져 있었고 그 틈으로 매미는 막 머리를 내밀고 한쪽
날개를 내밀고 있는 참이었다. 그것은 매우 느리고
더딘 동작이었다. 답답한 생각이 들어 나는 내밀고
있는 매미의 한쪽 날개를 손으로 꺼내주었다. 그러
고는 약수터가 있는 곳으로 향했다.

약수터에서 물을 받아 돌아오던 길에 문득 조금 전 손으로 날개를 꺼내준 매미 생각이 나서 벚나무 주변을 살폈다. 벚나무 등치에는 매미 번데기 껍질만 붙어 있을 뿐 매미는 보이지 않았다.

벌써 하늘로 날아갔나? 주변을 살피던 내 눈에 매미가 들어왔다. 그것은 수풀 사이에서 날갯짓을 하는 매미였다. 왜 매미가 땅바닥에서 푸덕이고 있지? 살펴보니 매미의 양쪽 날개 크기가 달랐다.

나는 그때 알았다. 내가 날개돋이를 하는 매미의 한쪽 날개를 일부러 꺼내준 것이 화근이었다. 그냥 저 스스로 우화하도록 놔뒀어야 했다. 그걸 모르고 날개를 꺼내준 내가 잘못한 것이다.

이러한 경우는 외국의 학자도 겪었다. 영국의 생물학자로 앨프리드 러셀 월리스(1823~1913)란 사람이 있다. 그는 어느 날 자신의 연구실에서 고치에서 빠져나오려고 애쓰는 나방의 모습을 관찰하고 있었다.

나방은 바늘구멍만한 구멍을 하나 뚫고 그 틈으로 나오기 위해 꼬박 한나절을 애쓰고 있었다. 그렇게 아주 힘든 시간을 보낸 후 번데기는 나방이 되어

나오더니 공중으로 날갯짓하며 날아갔다. 이렇게 힘들게 애쓰며 나오는 나방을 지켜보던 윌리스는 이를 안쓰럽게 여긴 나머지, 나방이 쉽게 빠져나올 수 있도록 칼로 고치의 옆 부분을 살짝 그어주었다. 그바람에 나방은 쉽게 고치에서 나올 수 있었다. 하지만 쉽게 고치에서 나온 나방은 무늬나 빛깔이 곱지 않았다. 그리고 몇 차례 힘없는 날갯짓을 하고는 그만 죽고 말았다. 좁은 구멍으로 안간힘을 쓰면서 나온 나방은 영롱한 빛깔의 날개를 가지고 공중으로 힘차게 날아갔는데 말이다.

이토록 모든 생명체에게는 그 나름의 고난이 있고 통과의례가 있다. 고난을 거쳐야만 빛나는 승리의 시간이 오도록 약속되어 있다. 우리가 왜 물을 마시고 싶은가? 목마름의 과정이 있기에 물을 마시고 싶은 마음이 생기는 것이고 물을 마심으로 그 시원한 해갈이 따르는 것이다.

아무런 노력이나 어려움 없이 인생의 성취나 성공을 얻고자 하는 사람은 매우 허황된 사람이다. 실패한 인생은 실패한 인생으로 끝나지 않는다. 실패

오늘도 네가 있어 마음속 꽃밭이다

한 인생도 소득은 있게 마련이다. 실패한 만큼 성공을 기약할 수 있는 것이 우리 인생이다.

마음이 고달픈 사람들

가끔 주말에 외부 일정이 잡히지 않을 때, 공주풀꽃문학관에 머무는 날이 있다. 그런 날 그야말로 멀리서 찾아온 손님을 맞이할 때가 있다. 대개는 생면부지의 모르는 사람들. 더러는 젊은 사람들. 이야기 도중 이 집에 왜 왔는가, 질문을 던질 때가 있다.

왜 왔는가? 왜 황금같이 소중한 주말에 그렇게도 멀리서 이렇게도 조그만 문학관까지 왔는가? 대답은 여러 가지다. 시가 좋아서 왔다는 사람이 있고 사람을 만나고 싶어서 왔다는 사람이 있지만 더러는 고달파서, 지쳐서, 쉬고 싶어서 왔다는 사람들도 있다.

오늘도 네가 있어 마음속 꽃밭이다

정작 고달프고 지치고 쉬고 싶다면 자기 집에서 편안히 있어야 할 일이다. 그런데도 이렇게 낯선 곳, 먼 곳까지 찾아오는 것은 몸이 아니라 마음 때문인 것이다. 마음으로 고달프고 마음으로 지치고 마음으로 쉬고 싶다는 것. 오늘날 이것이 우리들의 문제다. 우리가 풀어야 할 중요한 과제이고 급선무다.

우리들이 그동안 살아가는 데 필요한 세 가지라고 말하는 먹고 입고 사는 문제는 예전에 비해 훨씬 나아졌다. 아직도 먹고 입고 사는 문제에 고달픈 사람들이 있지만 전반적으로는 그렇다는 얘기다. 여기서 우리에게 요구되는 것은 마음의 위로와 축복, 그리고 마음의 평안이다.

요즘 가장 듣기에 거북한 말은 삼포시대란 말이다. 젊은 세대들이 연애와 결혼과 출산을 포기한다는 말은 참으로 듣기에 민망한 말이다. 오늘날 젊은 이들이 처한 형편이 그들이 헤쳐나가기에 녹록지 않다는 것은 안다. 그것이 십분 그렇다 하더라도 그래서는 안 되는 일이다.

일찍이 예수님도 부활하시고서 제자들에게 하신

첫 말씀이 "그대들 평안하뇨?"였다. 오늘날 우리 세대에 필요한 것은 물질의 풍요나 육신의 건강을 넘어선 마음의 평안이다. 마음의 평안이 없는 곳에 진정한 인생은 없다. 마음의 평안 없이는 어떤 마음의 문제도 해결되지 않을뿐더러 현실의 문제도 거기에 준한다.

나아가 영혼이 목마른 것이다. 이 목마른 영혼을 어찌할까? 묘안은 없다. 우선 각자 자신의 마음을 좀 들여다보기를 권한다. 그러면서 좀 더 고요해지기를 기다려야 한다. 마음이 덧났으니 마음의 방법을 택해야 한다. 그런 선택 가운데 하나가 바로 시 읽기다. 마음의 위로가 되는 시, 축복이 되는 시를 골라서 읽다보면 마음의 평안이 오고 또 새로운 삶의 소망도 조금씩 생기리라고 본다.

오늘도 내가 있어 마음속 꽃밭이다

천사는 과연 있는가

요즘은 만나는 사람마다 살기가 힘들다고 호소한다. 그러면서 누군가가 천사가 되어 자기를 도와주었으면 좋겠다고 말한다. 천사. 소리 없이 나타나 자취 없이 도와주는 그 어떤 신비한 인격체를 말한다. 아이들이 읽는 동화책에 많이 나오고 종교에도 자주 등장하는 이름이다. 과연 천사는 있는가. 과연 천사는 누구인가.

천사의 속성을 생각해본다. 우선 천사는 선량하다. 남을 도와준다. 자기를 희생한다. 부드럽다. 가볍다. 오래 참는다. 기다린다. 새하얗다. 목소리가 상냥

하고 예쁘다. 나지막하다. 날개가 달렸다. 자기를 내려놓는다. 남을 먼저 생각한다. 갑자기 나타났다가 사라진다. 이것이 사람들이 원하는 천사의 모습이다.

그렇다면 말이다. 우리 주변에서 누가 천사인가를 생각해보아야 한다. 그 대상이 쉽게 떠오르지 않을 것이다. 답답하고 섭섭한 느낌이 들 것이다. 그래서 실망스럽기도 할 것이다. 다시금 그렇다면 말이다. 과연 나는 누군가에게 한번이라도 천사 노릇을 했는가, 생각해볼 필요가 있다.

우리는 누구나 문제를 안고 살아간다. 문제가 없는 사람이 없다. 나이 든 사람 가운데 몸이 아프지 않은 사람이 없는 것처럼 말이다. 우리들 삶의 조력자를 원한다. 선한 동행자를 꿈꾼다. 인지상정이다. 누군가 나의 어려운 점을 알아주고 그것을 해결해주었으면 하고 소망한다. 그래서 다른 사람이 나의 천사가 되기를 원한다. 이 또한 당연한 인간의 이기심이다.

하지만 여기서 과감한 태도 변화가 있어야 한다. 그렇지 않으면 안 된다. 거꾸로 내가 다른 사람의 천

오늘도 네가 있어 마음속 꽃밭이다

사가 되어보는 일 말이다. 힘들더라도 그렇게 하도록 노력해야 한다. 인간은 결코 천사일 수가 없다. 비록 천사표 소리를 듣는 사람일지라도 언제나, 항상은 천사일 수 없는 노릇이다.

문제는 그가 얼마나 천사가 되기 위해서 애쓰냐에 달려 있다. 오로지 남을 위하는 마음의 정도에 달려 있다. 나는 누군가에게 얼마나 천사였나 생각해 볼 때 문득 부끄러운 생각이 들 것이다. 그 부끄러움이 우리를 조금씩 천사의 마음 가까이로 데리고 가는 게 아닐까 싶다.

얼마입니까

우리 주변에는 유난히 물건을 보거나 일을 처리하거나 그럴 때 얼마냐고 돈의 액수를 묻는 사람이 있다. 나라고 해서 물건값을 묻지 않고 산 사람은 아니다. 그러나 물건값을 유난히 묻고 돈에 관심을 보이는 사람이 있다. 말하자면 시장중심형, 거래중심형 인간이다. 세상만사를 시장 중심으로 거래 중심으로 보면서 사는 사람이겠다.

이런 사고방식이나 삶의 방식을 지닌 사람은 세상 사는 일이 매우 단순하고 편할 것이다. 모든 일을 돈의 가치로만 처리하고 판단하면 되니까 말이다.

오늘도 네가 있어 마음속 꽃밭이다

어쩌면 오늘날 많은 사람이 이런 경향의 사람들인지 모른다. 하지만 나 같은 사람은 그렇지 않다. 감정이나 느낌, 생각에 관심이 많고 그쪽에 인생의 중심이 있기 때문이다.

언제든 나는 보고 싶고 그리운 마음이 문제였다. 애달프고 서럽고 안타깝고 쓸쓸한 마음, 서글픈 마음이 힘들었다. 여기서 생각해본다. 이러한 감정이나 느낌이나 생각들을 돈으로 따질 수 있을까? 나는 그 어떤 물건이나 돈보다도 이러한 감정들이 더 소중했다. 이걸 어떻게 간직하고 이걸 어떻게 표현하느냐가 내 일생일대의 과제였던 것이다.

그렇다면 나의 애달픔과 서러움과 안타까움과 쓸쓸함은 얼마나 되는 것일까? 특히 현금으로 바꿀 때 그 액수는 얼마나 되는 것일까? 무슨 일이든 얼마입니까, 돈으로 묻고 계산하는 사람에게 물어보고 싶지만 필시 그는 아무런 가치도 없다고 아예 값을 쳐주지 않을 것 같아서 차마 묻지를 못하겠다.

정말이지, 이런 사람과는 상대가 되지 않는다. 이쪽에서 진정으로 대하는 마음을 헌 종이처럼 저버

릴 것이 뻔한 노릇이기 때문에 그렇다. 그건 정말로 그러했다. 나는 어떤 사람의 말을 믿고 사심 없이 귀중한 정보를 주었고 그 일이 성사되도록 중개비까지 보태준 적이 있다. 그래서 그는 그 일을 이루었다. 나를 위해 좋은 일을 하겠다는 약조가 있기도 했다.

그러나 그뿐, 그에게 관심이 있었던 것은 그 물건 자체였다. 일이 성사된 뒤에 그는 나 몰라라 하고 눈을 감았다. 그러고는 웃돈을 얹어 그 물건을 팔려고 했다. 내가 속은 것이다. 애당초 그의 관심은 나와의 약속이 아니었고 돈을 남겨먹는 일이었다. 전형적인 시장중심형, 거래중심형의 인물이었다.

정말로 이런 사람과는 이야기가 되지 않는다. 말이 통하지 않는다. 이런 사람과 말을 섞고 일을 도모하고자 했던 내가 어리석었다. 그에게 주었던 나의 신뢰와 오랜 우정은 도대체 현금으로 따져서 얼마나 되는 것이었을까? 울면서 묻고 싶다.

양갱의 단맛

내가 좋아하는 과자 가운데 양갱이 있다. 어려서부터 먹던 과자라서 나이 든 요즘에도 가끔 사서 먹는다. 양갱에는 어린 시절의 미각이 그대로 들어 있다. 조금은 행복한 느낌마저 든다. 나로선 일종의 향수 음식인 셈이다.

양갱이란 말은 본디 한자 용어라서 요즘엔 '단팥묵'이란 말로 순화해서 부르고 있는 모양이다. 국어사전에 따르면 양갱은 '팥 앙금, 우무, 설탕이나 엿 따위를 함께 쑤어서 굳힌 과자'라고 되어 있다. 그런데 이 양갱을 만드는 데 하나의 비밀이 숨어 있다고 한다.

그것은 양갱의 단맛을 제대로 내기 위해서는 약간의 소금을 넣어 짠맛을 가미해야 한다는 것이다. 단맛과 짠맛은 전혀 다른 맛이다. 그런데 그 짠맛의 도움 없이는 단맛이 제대로 살아나지 않는다는 것, 그것은 조금은 놀라운 이야기다. 우리네 인생에 한 시사점을 준다.

이와 같은 상보적인 일이 어찌 짠맛과 단맛에서만 그러겠는가. 가끔 나는 아름다운 음악을 들을 때 아름다운 느낌과 더불어 슬픈 느낌이 드는 것을 느낀다. 가령 바이올린 연주곡 <지고이네르바이젠>이나 셀린 디온의 노래 <더 파워 오브 러브>를 들을 때가 그렇다.

마음은 분명 기쁘고 아름다운 선율에 젖는데 한편으로는 슬픈 느낌이 강하게 솟구치는 것이다. 바로 이것이다. 아름다운 감정을 슬픈 감정이 받쳐준다는 것. 이것은 하나의 신비이고 놀라움이다. 두 가지 감정의 상보작용이 서로의 어울림이다.

어찌 그것이 음악을 들을 때만 그러하겠는가. 큰

기쁨 앞에서 약간의 허탈감과 함께 슬픔마저 느끼기도 한다. 덩달아 울음이나 눈물이 나오기도 한다. 우리는 이러한 점을 십분 잊지 말아야 한다.

그 어떤 하나가 저 혼자의 힘만으로 존재하는 것이 아니고 반대되는 것과 더불어 존재한다는 사실 말이다. 이러한 것을 잊지 않을 때 우리의 인생은 보다 겸허한 인생이 되고 보다 더 완전한 인생이 되리라고 본다.

책에도 없는 이야기

오래전, 누군가에게 들은 이야기가 있다. 대천에서 양조장을 운영하여 많은 돈을 번 어느 노인이 자주 한 말이라 했다.

"돈을 벌려면 책에 없는 것을 알아야 해."

시골 노인이 한 말이라고는 하지만 두고두고 음미해볼 만한 말이다. 그건 그렇다. 책을 읽고 돈을 버는 방법을 깨치고 또 그 방법을 실천하여 돈을 벌 수만 있다면 이 세상에서 부자 못 될 사람이 하나도 없을 것이다. 시중 서점에는 돈을 버는 방법과 그 지혜에 대해서 쓴 책이 얼마나 많은가 말이다.

오늘도 네가 있어 마음속 꽃밭이다

그건 다른 문제를 두고서도 마찬가지다. 건강, 공부, 연애, 출세 등 한결같이 책을 통해 배울 수 있는 것은 없다. 또 배웠다 해서 그대로 실천할 수도 없는 일이고, 실천했다 해서 고스란히 자기 것이 되는 것도 아니다. 어디까지나 자기 나름의 노력과 실천, 개별적인 노하우가 쌓여야만 가능한 일이다. 어떤 문제든 타인의 성공과 성취를 내 것으로 하기는 쉬운 일이 아니다. 또한 성공한 사람, 아는 사람, 소유한 사람 입장에서도 다른 사람에게 그것을 고스란히 전수하기란 쉬운 일이 아니다. 그런 연유로 고려청자를 만드는 비법이 끊겨진 것은 어쩌면 당연한 일이 아니겠나 싶은 엉뚱한 생각을 이 대목에서 해보는 것이다.

이렇게 말로도 글로도 전해주기 어려운 세계를 옛사람들은 불립문자不立文字란 용어로 설명해왔다. 글로도 말로도 세울 수 없는 문자라 한다. 이 얼마나 모순된 억지인가. 그러나 모순된 억지가 오히려 본질을 꿰뚫어 말해줄 때가 있다. 오랫동안 글을 써온 사람으로서 가끔은 후배나 주위 분들에게 "어떻게 하면 글을 잘 쓸 수 있는가" 하는 질문을 받기도 한다. 그러나 이것은 쉽게 설명으로 가능한 문제가 아니다. 설명한다 해도 뜻이 그대로 전달된다는 보장도 없다. 역시 글 잘 쓰는 비결도 책만 가지고서는 안 된다. 책에 없는 것을 알아야 한다. 책만 읽고 글 잘 쓰는 사람이 된다면 이 세상에 일급 문인이 안 될 사람이 어디에 있겠는가. 시중에는 글쓰기에 대한 안내서가 얼마나 많이 널려 있는가 말이다.

그건 인생 문제 앞에서도 그렇다. 어떻게 하면 인생을 성공적으로 살 수 있는가? 하지만 성공적인 인생이 무엇인지 구체적으로 알려주는 사람도 책도 없다. 수없이 많은 '인생론'이 있지만 그런 책들도 인생살이에는 별로 도움이 되지 않는 것 같다. 다른 이의 이야기나 주장, 설명 가지고는 안 된다. 어디에도 인생에 대한 모범 답안은 없다. 오로지 자기 스스로 눈물겹게 살아본 인생만이 자기 인생이다.

그러기에 사람들은 세상을 살며 언제까지나 허덕허덕 고생스러워한다. 수없이 많은 시행착오와 실패를 거듭한다. 이렇게 살아도 잘 산 것 같지 않고 저

오늘도 네가 있어 마음속 꽃밭이다

렇게 살아도 별로인 것 같이 느껴지는 것이 바로 인생이다. 겨우 인생이 무엇인지 깨달을 때쯤이면 늙은 사람이 되고 만다. 그러기에 옛날 말씀에도 '철들자 죽는다'라는 말이 생겼는지 모르겠다.

나는 가끔 우리 인생을 한 편의 영화에 빗대어 생각하기도 한다. 영화에서 가장 중요한 것은 라스트신이다. 아무리 내용이 좋고 표현이 아름다워도 라스트신에서 감동이 없으면 안 된다. 반드시 마음이 찡하든지 후련하든지 영화가 끝난 뒤에도 오랫동안 마음이 아릿하든지 그런 감정의 파동이 있어야만 한다.

마땅히 우리 인생도 살다가 떠난 뒤가 아름답고 향기로워야만 할 것이다. 한 사람의 인생은 살아가는 동안에도 완성을 향한 진행형으로 놓이지만, 그 사람이 세상을 뜨는 순간에서야 비로소 완성된다고 보아야 한다. 그러나 그 역시 쉬운 일이 아니다. 어디까지나 희망 사항일 수밖에 없는 일. 하지만 하는 데까지는 힘껏 애쓰면서 살아야 할 일이다. 감동적인 한 편의 영화처럼 마지막 날들을 위해 한 걸음 한 걸음 나아가야만 한다. 그러기에 하루하루의 삶은 우리의 마지막 날에 완성될 그럴듯한 한 채의 집을 위해 한 장 한 장 쌓아가는 벽돌과 같은 게 아닐까.

나이를 먹는다는 것

사소한 것, 아무렇지도 않았던 것들이 새삼스러워진다. 들리는 소리, 보이는 것들 하나하나마다 눈이 열리고 귀가 생긴다. 앞으로 보이는 풍경도 좋거니와 뒤로 보이는 풍경은 더욱 좋다. 가까운 것보다는 먼 것들이 더욱 좋아진다. 무척이나 고맙고 감사하고 눈물겨운 일이다.

머나먼 길이었다. 함께 손잡고 타박타박 좁은 길을 걸어온 한 사람에게 제일 먼저 감사의 눈인사를 전하고 싶다. 그동안 수고하셨습니다, 작은 목소리로 속삭여주고 싶다.

청운靑雲의 꿈이란 것을 가진 적이 있었지. 푸른 꿈이라 해도 좋겠고 푸른 언덕 위의 하얀 구름이라 해도 좋겠고 젊은 시절의 소망이라 해도 좋았을 것들…….

젊어서는 딱지만 맞았던 것이 내내 억울하고 분했었는데, 지금은 오히려 딱지를 놓지 못하고 딱지만 맞으며 살아온 게 얼마나 다행스러운지를 알게 된다. 많은 돈이 무슨 소용이며 높은 자리, 맛난 음식, 그들먹한 재산, 화려한 집이 무슨 소용이랴.

모든 것이 부질없다는 사실 하나 깨닫기 위해 힘겹게 힘겹게 인생이라는 배낭을 등에 진 채 여기까지 왔구나. 한평생을 그만 고스란히 까먹고 말았구나. 생각해보면 이거라도 알게 되어 얼마나 다행스러운 일인가.

그러나 아이들아, 너희들은 애당초부터 그 청운의 꿈이란 것을 서둘러버려서는 안 된다. 너희들도 너희들 몫으로 가볼 데까지는 가봐야 할 일이다.

새로 만들어진 햇빛 밝은 길. 초콜릿 빛 인도 위로 구두를 벗어 두 손에 든 채 한들한들 맨발로 걸어가

오늘도 네가 있어 마음속 꽃밭이다

는 초로初老의 한 여인을 만난 일이 있다. 반백의 그
녀. 불그스름 동안童顔 가득 웃음을 머금고 있었다.
아마 콧노래도 부르고 있었을 것이다.

꽃들에게 배운다

    내 생애 가운데 요즘처럼 일을 많이 하면서 산 때가 없다. 풀꽃문학관에 꽃을 심어 가꾸면서부터 그렇게 된 일이다. 꽃을 기르고 시중들고 물 주고 가꾸는 일이 만만치 않다. 꽃을 심은 면적이 넓다보니 어떤 날은 서너 시간씩 정원 일을 한다. 그 바람에 얼굴이 새까매졌다.

    꽃을 기르면서 배우고 깨친 일들이 많다. 그러니까 그 일 또한 헛수고가 아니었던 것이다. 꽃들도 다투면서 산다는 것은 누구나 짐작할 만한 이야기다. 우선은 햇빛을 받기 위해서 그럴 것이고 물이나 양

분 또한 생명과 직결된 문제들이니 저들끼리의 다툼이 있을 것이다.

그러므로 공간 배치에 신경을 써야 하고 지나치게 무성한 녀석들은 조금쯤 세력을 줄여 가까이 있는 녀석들에게 피해가 가지 않도록 배려해주어야 한다. 언뜻 보기로는 평화롭기만 한 꽃들의 세상이지만 거기에도 갈등이 있고 불평등이 있었던 것이다.

내가 좋아하는 꽃은 숙근초. 한 번 심어놓으면 여러 해 살면서 꽃을 보여주는 녀석들이다. 그런데 이러한 숙근초들도 붙박이로만 살지 않고 옮겨 다닌다는 것을 알게 된 것은 신기한 노릇이다.

일단은 그 자리에서 산다. 하지만 이러한 꽃들도 씨앗으로 뿌리로 옮겨 다닌다. 심지어는 그 자리에서 몇 해 살다가는 죽어버리기도 한다. 꽃을 기르는 사람으로서 제일 싫은 일은 꽃이 죽는 일이다. 그런데 내가 특별히 아끼는 꽃들이 더욱 잘 죽는다. 마음이 아프다.

그래도 어쩔 수 없는 노릇이다. 꽃이 유난히 무성하게 예쁘게 피고 나서 죽는 꽃들도 있다. 이러한 경우는 마음이 더욱 아프다. 그러면서 가슴이 철렁 내려앉기도 한다. 꽃들의 세상에서 인간의 세상을 더불어 보았기 때문이다.

인간도 마찬가지다. 무언가 좋은 일이 있으면 그 다음에는 힘든 일이 있게 마련이다. 그것이 순리인데 이것이 또 인간을 괴롭게 힘들게 만든다. 모름지기 조심조심 살아야 할 일이다. 꽃을 가꾸면서 나는 많은 것들을 보고 배우고 느낀다. 그런 점에서 꽃들은 나에게 또 다른 선생이다.

요즘도 몇 개의 꽃들이 시들시들 죽어가는 것을 본다. 누구도 모르지만 나는 잘 안다. 저 꽃들을 죽이지 않을 수는 없을까? 그러나 그것은 불가능한 일이다. 그냥 죽는 꽃은 죽게 내버려두는 수밖엔 없다. 이런 일에서도 나는 인간의 일을 생각한다.

그래, 죽는 꽃은 죽도록 내버려두자. 그 자리에 다른 꽃들이 와서 살면 그 꽃이 또 그 땅의 주인이 될 것이다. 여기서 또 순리란 것을 배운다.

내게 없었던 일에 대한 감사

지난 일이다. 다시 병원 신세를 지게 되었다. 3박
4일 정도면 된다 해서 쉽게 마음먹고 한 입원이었다.
몇 년 전 발병할 때 터진 쓸개가 간장에 올라가 붙어
아무래도 그냥 놔두면 해로울 수 있을 거라 해서 그
걸 절제하는 수술을 받기 위해서였다.

그러나 첫 번째 수술이 잘못되어 하루 만에 재수
술을 하게 되었고 그 과정에서 혈액을 20봉이나 수
혈하게 되었다. 이번에도 위험한 병원 생활이었다.
한국에서 명의란 의사도 놀라고 가족들은 더욱 놀
라고, 나는 그저 주위 사람들을 놀라게 하는 일만 되

풀이하고 있다. 그래도 다시 살아 나왔으니 얼마나 다행스러운 일인가.

일주일 남짓한 병원 생활. 이번에도 배우고 느낀 일들이 많았다. 사람은 이렇게 한순간도 배움이나 성장을 멈추지 않고 어떤 힘들고 어려운 고비에서도 무언가를 얻게 된다. 특히 같은 병실에 입원해 있던 환자들한테서 여러 가지를 배웠다. 나와 함께 입원해 있던 환자들은 대부분이 중증 환자들이었다. 지난번에는 당뇨 합병증 환자들한테 놀랐는데 이번에는 암 환자들이 무서웠다. 대개 간장이나 췌장 쪽에 탈이 생긴 환자들이었다.

그 가운데서도 내 침대 맞은편에 입원해 있던 젊은 환자의 일이 잊히지 않는다. 그는 겨우 마흔 살을 넘겼을까 말까 한 사내였다. 사는 곳은 한반도의 남쪽 끝에 있는 진도. 그곳에서 그는 우리 소리를 하는 사람이라 했다. 키가 후리후리하게 크고 갸름한 얼굴에 검고 숱 짙은 머리칼을 가진 잘생긴 외모였다. 처음 입원해 들어와서는 주변 사람들과 활기차게 이야기도 하고 자신의 병세에 관해 설명하고 그랬다.

간암이라 했다. 그 가운데서도 말기라서 간이식을 받아야만 한다고 했다. 누구한테 이식을 받을 건가? 며칠 있으면 중학교 1학년에 다니는 딸아이가 진도에서 엄마와 함께 올라와 아버지에게 간을 나누어 준다고 했다. 고등학교 다니는 아들아이의 간 조직도 아버지와 맞는데 아들아이가 선뜻 동의하지 않아 딸아이의 간을 받기로 했노라 했다.

처음 며칠 입원하고서 그 남자 환자는 아주 정상적으로 병원 생활을 해나갔다. 그러나 이삼일이 지나면서 영판 다른 사람이 되어갔다. 식사도 잘 못 하고 밤에 잠도 잘 이루지 못하는 건 그렇다 치고 눈이 잘 안 보이고 정신이 혼미해지는 게 문제였다. 낮에도 계속 침대에 누워만 지내는가 하면 밤에는 병실 안에 있는 화장실조차 찾지 못해 힘들어했다. 나중에는 침대에서 내려오다가 넘어지기도 하고 병실 바닥에 오줌을 누는 지경이 되었다. 어쩌면 저렇게 사람이 변할까 싶을 정도였다.

나는 그 환자를 지켜보면서 많은 생각을 했다. 저 환자가 나였다면 어떠했을까? 나의 사십 대, 나는 어떠했던가.

사십 대 때 나는 간이식을 받아야 되는 사람이 아니었던 게 얼마나 고마운 일인가. 더구나 우리 딸아이 중학교 1학년일 때 나에게 간을 나눠줘야 하는 처지가 아니었던 게 얼마나 다행스러운 일인가. 우리는 흔히 자기에게 있었던 일에 대해서만 생각하기 쉽다. 그래서 자신에게 더 좋은 일이 일어나지 않았다고 불만하기 쉽다. 우리가 살아가면서 실망이라든지 절망, 슬픔, 우울, 비관과 같은 감정들이 모두 이같이 자기에게 일어난 일만 두고 생각해서 생기는 것들이다.

조금만 생각을 바꾸면 얼마든지 긍정적인 생각을 할 수 있고 좋은 삶을 도모할 수 있는 일이다. 흔히 위만 보지 말고 아래를 보며 살라 그러는데, 나는 그 말을 조금 고쳐 바깥 풍경만 보지 말고 자기 자신을 들여다보면서 살자고 말하고 싶다. 이미 자기 자신에게 있는 것 가운데 고마운 일, 다행스러운 일이 많다. 그 환자를 염두에 둘 것도 없다. 우선 나는 105일 동안이나 물 한 모금 마시지 못하고 버틴 사람이다.

심지어는 수술 불가, 치료 불가, 회복 불가, 암보다 치료하기 어려운 환자란 말을 들었고 곧 패혈증이 닥칠지 모르니 하루 24시간을 소중히 여기며 살라는 충고를 들은 사람이다. 오죽했으면 담당 의사가 나더러 앉아 있는 시한폭탄이라고 했겠는가.

그런데 이렇게 오늘도 나는 멀쩡하게 살아 있는 사람이다. 이 얼마나 놀라운 은혜요, 축복이요, 감사인가. 물 한 컵, 차 한 잔 마시는 것도 고마운 일이고, 밥을 먹는 것도 감사한 일이고, 낡은 자전거를 타고 골목길을 쏘다니는 것도 고마운 일이고, 길을 가다가 문득 아는 사람을 만나 악수하며 인사하는 것도 하나의 기쁨이고 보람이다. 우선 오늘 아침 나에게 교통사고가 없었던 것이 고마운 일이고, 비행기 타고 다녔던 여러 차례의 외국 여행에서 무사했던 것도 고마운 일이고, 기나긴 교직 생활에서 무탈하게 정년 퇴임을 맞은 것도 고마운 일이고, 이렇게 노인이 되어 가는 것도 감사한 일이다.

생각해보면 정말로 감사하고 고마운 일이 어찌 한두 가지뿐이겠는가. 고집스럽게 내게 있었던 일에

대해서만 감사와 고마움의 항목을 찾으려 할 일이
아니다. 내게 없었던 일에 대해 감사와 고마움을 찾
는다면 우리네 인생은 얼마든지 밝고도 아름답고
따뜻한 인생으로 바뀌게 될 것이다. 이거야말로 놀
라운 상황의 반전이며 생의 비밀이다. 아, 내가 왜 이
것을 진작 알지 못했던가!

소중한 한 사람

외지로 나가 문학강연을 할 때면 정작 문학강연
보다 책에 사인하는 시간이 많이 들어갈 때가 있다.
한 시간 문학강연에 두 시간 사인을 할 때도 있다.
어떤 때는 100명이 넘는 사람들이 책을 들고 와서
줄을 서서 사인을 요청한다.

그렇다고 대충 이름만 써줄 수도 없는 노릇이다.
내가 사인을 할 때는 상대방의 이름뿐만 아니라 내
이름 밑에 시 한 편까지 써주는 것을 독자들이 알고
있기 때문에 바쁘다고 대충대충 해주면 만족하지
않는다. 그래서 시간이 많이 든다.

사인을 하다보면 참으로 눈물겹도록 감사한 일이 많다. 그 많은 사람이 끝까지 기다려줄 때. 점심을 포기하면서까지 사인을 받기 위해 학생들이 줄을 섰을 때. 엄마에게 드린다며 엄마 이름을 넣어서 사인을 해달라고 할 때. 왜 사인을 받기 원하느냐 물으면 내 시로 위로를 받기 때문이라고 대답해올 때.

한번은 제주도의 중학교에 갔을 때 한 여학생이 사인을 받으러 와서는 「혼자서」란 시를 외우면서 왈칵 운 일도 있었다.

너 오늘 혼자서 외롭게
꽃으로 서 있음을 너무
힘들어하지 말아라.

그 대목이 자기를 울게 했다고까지 한 것이다.

그 뒤부터는 아예 사인을 할 때 나는 내가 앉은 의자 옆에 또 하나의 의자를 두고 거기에 사인 받는 사람을 앉게 한다. 마주 보는 것보다는 나란히 앉는 것이 훨씬 더 좋을 것 같아서다. '사랑은 서로 마주 보는 것이 아니라 둘이서 같은 방향을 내디보는 것이라고' 생텍쥐페리는 「인간의 대지」란 작품에서 썼다고 하지 않는가.

바로 이것이다. 옆에 나란히 앉으면 수평 구도가 나온다. 평등 개념이 생기고 평화로운 분위기가 된다. 이제 우리에게 필요한 것은 대결이 아니다. 힘이 아니다. 딱딱함이 아니다. 수평이고 평등이고 평화다. 옆자리에 독자를 앉히고 사인을 할 때 나의 마음도 부드러워지고 따뜻해진다.

그러면서 바로 '이 사람!' 하는 생각이 든다. 이 한 사람을 내가 포기할 수 없다는 마음이 생기는 것이다. 그것은 실로 매우 소중한 느낌이고 하나의 각오이고 고귀한 깨달음이다. 옆에 앉은 사람이 이런 느낌을 모를 리가 없다. 대번에 무슨 말인가를 해온다.

매우 짧은 시간, 잠시다. 그 시간에 귀한 느낌을 주고받으면서 몇 마디 말을 나눈다. 자기 고백적인 말이다. 사는 일이 힘드냐고 물으면 서슴없이 그렇다고 말해온다. 중학생들 입에서까지 사는 일이 힘들다는 말을 들으면 쏨벅 눈물이 나오려고 한다.

그래, 내가 더 좋은 시를 써야만 해. 이 사람들을 위해 더 아름다운 시를 써야만 해. 그런 각오가 생기기도 한다. 어떤 아이는 사인을 받고 나서 악수를 한 번 해달라고 청하기도 한다. 나아가서 어떤 아이는 나를 한번 안아보고 싶다고 말하기도 한다. 어제도 광주의 한 중학교에 갔을 때 1학년 다니는 여학생 하나가 사인을 받고 나서 울음을 터트리다가 돌아 갔다.

내 어찌 이런 사람들을 포기할 수 있겠는가! 한 사람이 소중하다. 이런 한 사람 한 사람이 세상의 보배이고 재산이다. 내일의 소망이다. 꿈이다. 더할 수 없는 아름다움이고 신비다. 이런 사람들을 믿으면서 고달프고 힘들지만 하루하루 씩씩하고 아름답게 살아가야 할 일이다.

행운의 항목

최근 몇 년 동안 나는 날마다 문학강연을 가다시
피 한다. 그것도 공주가 아닌 지역, 외지에 나가서 한
다. 그러므로 공주에 머무는 날이 별로 많지 않다. 풀
꽃문학관으로 나를 만나러 사람들이 오지만 약속이
안 된 날은 만나지 못하고 가는 사람들이 허다하다.

두루 미안한 마음이고 섭섭한 마음이다. 이렇게
내가 문학강연을 자주 나가는 것은 오로지 내 뜻이
아니고 나를 불러주는 사람들의 뜻에 따른 것이다.
남 핑계를 대자는 것이 아니다. 그만큼 고맙다는 뜻
이고 세상의 일이 내 뜻대로만 되는 것이 아니고 타

인의 뜻으로 더욱 많이 이루어진다는 걸 말하고 싶어서다.

결코 강연료 때문에 가는 것이 아니다. 오로지 사람을 만나러 가는 것이다. 그래서 나는 강연 청탁이 왔을 때 첫 번째로 묻는 말이 있다. 언제입니까? 가장 중요한 것이 시간이고 일정이다. 아무리 중요한 사람들이 오라고 해도 일정이 맞지 않으면 못 간다.

그만큼 우리 인생에서 중요한 것이 시간이다. 시간은 약속이고 가치이고 아름다움이며 생명 그 자체다. 그 무엇하고도 바꿀 수 없는 엄청난 기회이며 재화다. 이 시간 안에서 우리들이 사는 게 가능하고 우리들의 가치가 유지되며 우리들에게 아름다움 또한 깃드는 것이다.

어쨌든 시간을 내어 내가 누군가를 만나러 간다는 것은 매우 중요한 일이고 고마운 일이다. 더구나 학생들이 만나자고 할 때는 거절하지 말아야 한다. 그들은 나보다 오래 살 사람들이다. 그들을 만나 좋은 이야기를 나누면 그들의 기억 속에 내가 보다 오랫동안 살아 남아 있을 것이 아닌가!

이보다 더 좋은 일이 없다. 그래서 문학강연을 가는 것이다. 나는 날마다 나 자신에게 행운의 항목을 일깨워준다. 행운은 행복이란 말보다도 훨씬 구체적인 표현이다. 오늘도 내가 살아 있는 사람이라는 것. 누군가를 만난다는 것. 무슨 일인가를 한다는 것. 어딘가를 간다는 것. 이것이 모두 나에게는 행운이다.

이러한 행운의 항목들을 완전하게 충족시켜주는 것이 바로 문학강연이다. 그 가운데서도 청소년들을 만나서 하는 강연이다. 대중교통 수단을 이용하여 장거리 강연을 하고 온 날은 몸이 많이 고단하다. 그래도 나는 자정 무렵까지 앉아서 글을 쓰고 자료를 정리하고 책을 읽는다.

그런 나를 보면서 아내가 한마디 한다. "당신은 강연을 갔다 오면 힘이 오히려 솟아나는가 봐요." 나도 모르는 일이다. 아내의 말을 듣고 보니 그건 정말 그런가 싶다.

부서진 마음을 고치다

　이유는 그랬다. 기나긴 우기를 건너오면서 느슨해진 몸과 마음을 좀 바꿔보고 싶었다고. 그칠 줄 모르고 내리퍼붓는 빗줄기와 흐린 날씨 때문에 마음마저 눅진눅진해지고 몸도 지쳐 있었던 거다. 9월에 접어들면서 햇빛이 돌아오고 아침저녁 기온이 내려가 서늘한 바람이 불자 정신이 번쩍 드는 듯했다. 자신을 추스르고 변화를 가져와야 한다는 생각에 마음이 먼저 조급했던가 보다. 그런 마음이 끝내 문화원 직원들에게 떨어지고 말았다.

　난감한 느낌이 들었다. 이건 자신에게 부끄러운

일이다. 정말로 이제는 그렇게 하지 말자고 스스로 다짐을 하지 않았던가 말이다. 서둘러 사무실을 빠져나와 자전거를 몰아 집으로 향했다. 배낭을 찾아 물 한 병과 과자 한 봉과 카메라를 챙겨 들고 등산화 차림으로 집을 나섰다. 집 주변의 산길을 좀 걸어보기 위함이다. 이럴 땐 자신을 좀 학대해볼 필요가 있다. 한동안 찾지 않았던 산길. 이렇게 마음이 뒤죽박죽인 날은 철저히 혼자가 되어야 하고 무언가 특별한 일을 해보면서 자신에게 경각심을 주어야 한다.

몇 년 만인가? 병원에서 퇴원하여 부실한 몸으로 아내와 함께 걷던 길. 후들거리는 두 다리로 걷던 산길. 이번에는 마음을 다쳐 혼자서 다시금 찾는 처지가 마냥 심란했다. 참괴慙愧였다. 그저 나무에게 풀에게 바람에게 하늘에게 풀벌레에게 미안하다는 말을 계속해서 들려주고 싶었다. 모름지기 사람은 목숨 붙어 있을 때까지는 주변 사람들에게 잘해주어야 하는 건데 쥐꼬리만 한 자존심과 다락같이 높은 이기심 때문에 주변 사람들에게 이렇게 또 마음의 상처를 주다니. 자신이 참 어쩔 수 없는 인간이라는 생각이 새록새록 돋아나곤 했다.

산길을 내려가는 골짜기에서 물봉선을 만났다. 물봉선은 주로 산기슭 개울가에 무리 지어 자라는 풀꽃이다. 모양이 봉선화(혹은 봉숭아)를 닮았다 해서 물봉선이라 부른다. 봉숭아의 먼 조상쯤 되는 꽃일까? 가던 발걸음을 멈춰 쪼그리고 앉아서 물봉선을 한참 동안 바라다보았다. 물봉선은 꽃자주빛, 녀석도 지루한 우기를 견디고 어렵사리 가을을 맞았는지 꼬라지가 후줄근해 보였다.

꽃의 빛깔만 꽃자주빛이 아니라 이파리나 줄기까지 꽃자주빛으로 물들어 있었다. 애야, 너도 화를 내고 후회하고 속상해본 일이 있니? 너도 나처럼 마음이 부서져본 일이 있니? 그러나 물봉선은 아무 말도 하지 않는다. 따가운 가을볕에 다만 그을리면서 미동도 하지 않는다. 그러면 그렇겠지. 물봉선이 무슨 화를 내고 후회를 하고 마음이 부서지고 그렇겠는가.

물봉선을 뒤로하면서 한결 가벼워진 마음을 느낄 수 있었다. 이제는 그러지 말아야지. 그렇다고 또 서둘러 그들에게 사과를 하지는 말아야지. 천천히, 천

오늘도 네가 있어 마음속 꽃밭이다

천히 자신을 돌아보고 추스르고 고칠 것은 고치고, 그들에게 보다 잘해주도록 노력해야지.

오후 2시부터 6시까지 네 시간 동안 했던 혼자만의 산행. 그것은 부서진 마음을 고치기에 알맞은 시간이었다.

하룻밤 사이

　하룻밤 사이 무언가 많이 달라진 느낌이다. 머뭇거리던 여름이 완전히 물러가고 가을이 온 느낌이랄까. 사무치게 좋았던 사람이 조금씩 싫어지기 시작한 느낌이랄까. 어디선가 그 무엇이 허물어지고 있다는 것을 느낀다. 또 그것이 다른 한편으로 새롭게 쌓여 가고 있다는 걸 느낀다.

　생각해보면 언제부터가 여름의 끝이고 언제부터가 가을의 시작인지는 분명치 않다. 다만 예민한 감각의 촉수를 지닌 사람들만이 여름과 가을의 변환을 어렴풋하게 감지할 뿐이다. 적어도 여름과 가을

오늘도　네가　있어　마음속　꽃밭이다

은 하룻밤 사이에 바뀌게 되어 있다.

어젯밤이 바로 그랬다. 며칠 전부터 잠을 잘 때 창문을 조금씩 닫고 잤는데 어젯밤에는 추워서 창문을 완전히 닫고 자야만 했다. 아침에 일어나보니 햇빛이 한결 눈에 부신 듯한 느낌이 들었다. 아, 어젯밤 내가 잠든 사이 세상에 무슨 일이 일어나긴 일어났구나. 그런 직감이 왔다. 가을이 온 것이다.

아침밥을 먹고 천천히 자전거에 올라 문화원으로 출근하는데 제민천 물소리가 어제보다 큰 소리로 들렸다. 그래서 그런지 제민천 물이 더욱 맑아진 것 같고 물속에서 놀고 있는 물고기들도 더욱 물속 깊숙이 내려가 노는 것 같았다. 여기저기 여뀌풀들이 자라 숲을 이루고 꽃을 피우고 있었다. 이것도 며칠 전까지는 분명하게 보이지 않던 모습들이다.

아, 여뀌풀. 여뀌풀은 단연 가을의 풀이다. 여뀌풀이 눈에 보이기 시작하면 그건 이 땅에 다시금 가을이 돌아왔다는 하나의 증표다. 여뀌풀은 전형적인 잡초. 아무도 그 생김새를 기억해주지 않고 그 이름조차 아는 이가 별로 없는 개울가에 사는 잡초다.

여뀌풀이 그냥 자취 없이 왔다가 자취 없이 돌아가는 목숨이라 그럴 것이다. 그들이 생겨난 보람이 무어냐고 묻고 싶어 할지도 모른다. 그러나 여뀌풀들도 가을이면 나름대로 예쁜 꽃을 피우고 씨앗을 남긴다. 결코 자취 없이 왔다가 보람 없이 가는 목숨이 아니다. 그들 나름대로는 제 몫의 삶을 사는 것이고 제 할 일을 다 하고 가는 것이다.

공주교육대학교 앞까지 갔을 때 나는 자전거에서 내려 개울가를 내려다보았다. 개울가 여뀌풀의 수풀 속에 색다른 꽃이 보였기 때문이다. 파란색 진한 꽃 한 송이. 무슨 꽃일까? 거리가 멀어 잘 보이지 않았다. 꿀풀 같은 꽃일까? 그 꽃은 햇빛에 몸을 흔들며 개울물에 제 모습을 비쳐 보였다. 개울물에 비친 햇빛이 환하게 눈부셨다.

나는 나도 모르게 두 눈에 눈물이 핑 돌았다. 아무런 이유가 없었다. 다만 그저 눈물이 핑 돌았을 뿐이다. 하룻밤 사이 계절은 이렇게 바뀌었다.

오늘도 네가 있어 마음속 꽃밭이다

수필 님에게

하루의 시간대로 치자면 아침이거나 한낮이거나 그렇게 바쁘고 번거로운 시간이 아니다. 오후도 늦은 시각, 퇴근 가방을 챙겨 직장을 나설 때거나 집으로 돌아와 가방 내려놓고 외출복까지 벗고 찬물에 발을 씻을 시간이다. 오늘 나에겐 어떤 좋은 일이 있었던가? 과연 실수한 일은 없었던가? 누구와 만나 무슨 얘기를 나누었던가? 잠시 생각해볼 시간이다.

사람으로 치자면 어린 누이거나 동생이거나 제자거나 더구나 팔팔하고 젊은 애인은 아니다. 그렇다고 맞대 놓고 어머니나 아버지도 아니다. 친구나 선배라 해도 매일 만나는 그런 친구나 선배도 아니다. 친구나 선배라면 어쩌다 만나는 그런 친구나 선배일 것이요, 여자라면 헤어지고 나서도 10년이고 20년, 부담 없이 만나 인생의 모든 것을 이야기할 수 있는 그런 여자 친구일 것이요, 친척이라 해도 집안의 당숙 어른이거나 외삼촌 정도의 이럴 수도 없고 저럴 수도 없는 친척이라 할 것이다.

다시 일생을 두고 볼 때도 그렇다. 아무래도 유년이거나 청년하고는 거리가 멀겠다. 적어도 장년쯤은 되어야 대화가 통한다. 장년을 지나 노년이라면 더욱 좋을 것이다. 살아오면서 겪은 좋았던 일, 힘들었던 일, 안타까웠던 일들이 모두 꽃다발을 하나씩 들고 찾아올 것이다. 그 손님을 정중히 맞아 인사를 청하고 속내를 서로 나누어 갖는다면 더없이 좋을 것이다. 향기롭고 맑은 차 한잔 마주하고 등불 빛 아래 밤 깊도록 이야기 나눈다면 더더욱 좋겠다.

수필이 없는 인생은 얼마나 적막하고 삭막한 인생이겠는가! 그것은 팍팍한 사막길이고 어두운 밤길이다. 수필이야말로 인생에서 참다운 반려. 정답고 편안하고 진정 마음을 줄 수 있는 동행자. 수필 없는 인생을 생각할 수 없다. 쓰기는 될수록 나이 든 사람이 많이 하고 읽기는 되도록 나이 어린 사람이 많이 하는 것이 좋겠다.

수필 님, 우리가 인생을 살면서 당신한테 신세 진 일이 참 많습니다. 앞으로도 도와주시기 바랍니다. 부디 우리와 함께 평안하시기 빕니다.

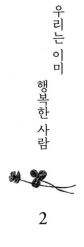

우리는 이미 행복한 사람

2

지금은 참 좋을 때

어쩔 수 없이 올해도 겨울이 왔다. 가을이 슬픈 전설을 상기시킨다면 겨울은 누군가의 지엄한 명령을 떠올리게 한다. 그렇다. 가을이 청유형의 문장이라면 겨울은 명령형 문장이다. 어느 계절이든 나름대로 특색이 있을 수 있겠지만 겨울은 단호함과 간결함이 그 매력이다. 우선 지상에서 많은 것들이 사라진다. 봄부터 가을까지 천천히 바뀌어왔던 풍경을 한순간 확 바꾸어버리는 것이 겨울이다. 복잡한 색깔을 간결한 색깔로 줄인다. 때로는 눈을 내려 백색으로 세상을 덧칠하기도 한다. 그러므로 겨울에는 사람의 생각이나 느낌도 간결해지고 단호해지기 마련이다. 지금까지가 천연색 사진이었다면 겨울은 흑백 사진이고 지금까지가 현실의 세계였다면 겨울은 몽상의 세계, 과거의 세계, 추억의 세계다. 이게 모두 날씨가 가져다주는 요술이다. 해마다 이렇게 우리는 요술에 걸려 겨울 한 철을 맞이하게 되는 것이다.

언제부터였을까. 나는 겨울의 한고비를 무척이나 사랑하는 사람이 되었다. 겨울 가운데에서도 초겨울 무렵을 매우 사랑한다. 가을로 친다면 늦가을이요, 겨울로 친다면 초겨울인 11월 하순부터 12월 중순까지 그 한동안의 어정쩡함과 썰렁함을 사랑한다. 추수 끝낸 들판에 노리끼리한 햇살이 빗금으로 떨어져 금실거리고 있다. 아직도 무엇인가 미진한 듯한 느낌이 거기 머물러 꾸물거리고 있다. 멀고 가까운 산의 능선이 선명하게 드러나 보이기 시작한다. 이즈음이면 우리나라의 산들이 그럴 수 없이 부드러운 곡선으로 출렁이고 있음을 다시 한번 지켜보면서 나 또한 부드러운 눈빛과 숨결을 되찾아본다.

내가 아내와 함께 짧은 산행을 할 때도 바로 이럴

때다. 아내는 대수술을 네 번이나 받았을뿐더러 체중이 많이 나가고 또 관절이 좋지 않아서 가파른 산길을 오르지 못하고 장시간 걷지도 못하는 사람이다. 나는 그런 아내와 함께 두어 시간 거리의 산행을 즐긴다. 토요일 오후나 일요일 같은 때 시간을 내어 아내와 함께 머물러 사는 금학동의 골목길을 걷고 때로는 야트막한 산을 골라 오르기도 한다. 금학동 골짜기 개울 길을 따라 올라가다 보면 오른쪽으로 옛날 수원지로 썼던 저수지가 나오고 그 건너편 산골짜기에 조그만 암자가 하나 보인다. 금학동 사람들이 '남산절'이라고 부르는 절이다. 이 절은 봄부터 가을까지 수풀에 가려 보이지 않다가 낙엽이 지고 난 다음에야 이렇게 사람들 눈에 뜨이기 시작한다.

그날도 나는 아내와 함께 남산절을 찾았다. 절은 좁은 터에 까치집처럼 자리 잡고 있다. 예전에는 이절에도 스님들이 살았을 것이다. 그러나 지금은 늙은 무당 내외가 들어와 살고 있다. 무당 내외는 조그만 한 칸짜리 법당 뜨락에서 콩 타작을 하고 있었다. 힘에 부치기도 하고 가을일이 바쁘기도 하여 이제까지 미루었다가 오늘에야 타작을 하는 것이리라. 무당 내외는 생김이나 차림으로 보아 여든쯤 되어 보이는 노인들이었다. 우리는 그들이 일하는 것을 방해하지 않으려고 마당의 변두리 쪽으로 조심스럽게 걸어 지나간다. 물론 "안녕하세요!"라고 공손히 인사말을 건네는 것도 잊지 않는다.

낯선 사람의 출현에 적이 놀란 두 노인은 일손을 멈추고 우리를 유심히 건너다본다. 한참을 그렇게 우리를 바라보던 안 노인네의 입에서 예상 밖의 말이 튀어나온다. "참 좋을 때들이시구려……."

참 좋을 때들이라니! 지금 우리 나이가 몇인데 우리더러 참 좋을 때들이라고 말하는 것인가. 한 사람은 예순에 가까워지는 사람이고 또 한 사람은 그보다 네 살이 아래인, 해가 기울었어도 한참 기운 나이의 우리더러 참 좋을 때들이라니! 하지만 여든에 가까운 저 노인들 눈으로 보기엔 우리가 분명 참 좋을 때로 보였을 것이다. 세상 모든 일이란 이렇게 그 보는 사람의 입장과 안목에 따라 얼마든지 달라 보일 수도 있는 일이 아니겠는가.

산속의 좁은 절간 마당까지 깊숙이 비쳐 들어온 따스한 초겨울 햇살이 환하게 눈에 들어왔다. 콩꼬투리에서 방금 튀어나와 맨땅에 뒹굴고 있는 콩알들을 다정하게 싸안아 쓰다듬어주고 있었다.

그렇다. 그날은 그렇게 분명 참 좋은 날이었고 참 좋을 때였나 보다. 아니, 지금 이때가 언제나 참 좋을 때인가 보다.

내가 오늘 기쁜 이유

나는 오늘 무엇이 기쁜가? 무엇보다도 먼저 살아 있는 사람인 것이 기쁘다. 우선 물을 마실 수 있는 사람인 것이 기쁘고 음식을 먹을 수 있어서 기쁘다. 외국에 나가 태극기를 만나면 반가워지듯이 문득 대한민국 사람인 것이 기쁘고 한국말로 시를 쓰는 사람인 것이 새삼스럽게 기쁘다. 고개를 들어 하늘을 바라볼 수 있고, 새소리에 귀를 기울일 수 있고, 생각이 내키면 새로 산 자전거를 타고 우체국 사서함으로 우편물을 찾으러 갈 수 있어서 기쁘다. 가끔은 사진관으로 사진을 뽑으러 가고, 음반 가게에 들

오늘도 네가 있어 마음속 꽃밭이다

러 새로 나온 음반 한 장을 사 올 수 있어서 기쁘다. 끼니때가 되어 잔치국수 집을 찾아 잔치국수 한 그릇을 사 먹는다든가, 오는 길에 은행이나 문구점에 들르기도 하고, 빵집에 들러 좋아하는 소보로빵이나 슈크림빵, 몽둥이빵을 사 올 수 있어서 기쁘다.

아, 우리 집. 우리 집이 있어서 얼마나 다행이랴. 내 집에 식탁이 있다는 사실. 내가 앉아서 글을 쓰거나 책을 읽는 앉은뱅이책상이나 컴퓨터가 있다는 사실. 오디오와 책들이 있다는 사실이 그럴 수 없이 기쁘고 고맙다. 더하여 연둣빛 녹차를 만들어 마실 수 있는 다기 세트가 있어서 좋다. 지인들이 사준 아직 개봉히지 않은 몇 통의 녹차는 나를 얼마나 부자의 마음을 갖게 하는가! 아파트 거실에 앉아 있으면 커다란 유리 창문으로 앞산이 그대로 보이고, 그 위로 열린 하늘이 또 고스란히 내 집 마당처럼 건너다보인다. 비 오는 날, 비 내리는 것이 보기 좋고 바람 부는 날은 바람 부는 것이 보기 좋다. 눈이 내리는 풍치는 더 말할 것이 있으랴. 식탁에 앉을 때 나는 바깥쪽을 바라보고 앉고 아내는 유리창을 등지고 앉는다. 음식을 먹으면서도 나는 아내의 얼굴을 마주하며 바깥 풍경에 눈길을 줄 수도 있다. 아내 등 뒤로 보이는 풍경은 그대로 아름다운 그림이다. 그것도 사계절 언제나 살아서 움직이고 변하는 그림이다.

생각하면 무엇 하나 기쁘지 않은 게 없다. 나무 한 그루, 풀꽃 한 송이 내 앞에 있고 산이나 강과 마주함도 기쁨이다. 게다가 나는 얼마나 많은 사람에 에워싸여 살고 있는가. 내가 이름을 외우고 있는 수많은 사람, 그들 한 사람 한 사람이 나에게는 기쁨의 씨앗이다. 그들이 보내주는 전화나 문자메시지, 이메일이 기쁨이고 더러 보내주는 자필 편지는 더욱 큰 기쁨이다. 이 세상에 얼마나 많은 사람이 나를 사랑해주고 있는가. 그것을 생각하면 주르르 눈물이 흐른다. 맹자 말씀대로 부모님 아직도 생존해 계시고 흩어져 살고 있지만 형제들 무탈함이 어찌 아니 기쁘랴. 오랜 세월 함께 부대끼며 사느라 늙어버린 아내는 나에게 얼마나 든든한 삶의 동지인가. 더하여 우리 아이들, 아들아이와 딸아이가 있다는 건 또 얼마나 커다란 마음의 위안이며 축복이겠는가.

6개월간 죽음의 터널을 지나오면서 얼마나 많은 사람이 나를 위해 마음을 졸이고 눈물을 흘리며 기도를 해주었던가. 한두 사람이 아니었다. 수많은 사람이 마음을 모아 하나님께 통사정하듯 기도를 해주었다. 그야말로 기도의 강물이었다. 그래서 다시 살아났다. 하나님도 그 사람들의 기도를 외면하실 수 없어 그 기도에 응답해주신 것이다. 나에게 잠시 지상에서의 휴가를 주신 것이다. 이 어찌 기쁜 일이 아니겠는가.

세상에 나를 사랑하는 사람들이 많았구나. 그건 확실한 인생의 중간 결산이었다. 자기가 타인에게 진정 사랑받는 사람이라는 것을 확인할 때보다 더 행복하고 기쁜 시간은 없다. 그것도 아무런 사심이 없고 계산속이 없는 사랑일 때 더욱 그러하다.

내일을 기대한다

흔히 우리는 특별한 것, 커다란 것, 새로운 것에만 의미를 두면서 살기 쉽다. 그래서 익숙한 것, 조그만 것, 낡은 것에는 아예 눈길조차 주지 않는다. 그래서 사는 일이 시들하고 무미건조해진다. 재미가 없어진다. 당연한 일이다. 날마다 반복되는 하루하루가 무슨 재미가 있겠는가. 보는 것, 만나는 것, 들리는 것마다 익숙한 것들이고 반복되는 것들일 것이다. 따분하다. 사는 일이 지루하다. 이렇게 되면 자기 자신이 불행하다는 생각을 하게 될 것이고 더 나아간다면 비관론자, 우울증 환자가 되고 말 것이다.

오늘도 네가 있어 마음속 꽃밭이다

이쯤에서 자기 인생을, 자기 생활을 일단 정지시켜놓고 다시 한번 점검해볼 필요가 있다. 정말로 나의 인생이, 나의 생활이 무의미하고 재미없는 것인가를 다른 사람의 그것하고 비교해볼 일이기도 하지만 상호비교는 크게 도움이 되지 못할 수도 있겠다. 자기 빈곤감을 가져오기에 그러하다. 가장 좋은 길은 사물의 절대성을 깨닫는 일이다. 어제 내가 맞이한 아침과 오늘 찾아온 아침은 전혀 다른 아침이다. 누군가 한 사람을 어제 만나고 오늘 다시 만난다 할지라도 오늘 만나는 사람은 어제 만난 사람과 전혀 다른 사람인 것이다.

그리하여 일상생활 속에서의 새로움과 신기함을 발견할 수 있어야 한다. 반짝임을 회복해야 한다. 세상이 낡고 재미없다고 느껴졌다면 그 자신이 오로지 낡고 재미없는 인간이라서 그렇다. 내부 풍경을 과감히 바꾸어야 한다. 생각을 바꾸고 의도를 고치고 세상을 바라보는 시선을 달리 가져야 한다. 그리하여 일상의 행복을 발견해야만 한다. 일상의 행복. 이보다 더 좋은 행복은 없다. 일상의 행복은 의외로 우리가 무시하고 넘긴 것들 속에 숨어 있기 마련이다. 되풀이되는 것들 가운데서 느껴지는 편안함도 일상의 행복 가운데 하나이리라. 매일 매순간 맞닥뜨리는 일들 중에 얼마나 다행스러운 것들이 많은가. 소중하고 고마운 것들이 많은가. 그걸 찾아내야만 한다.

요즘은 겨울에도 황사가 몰려오고 있다. 숨이 막혀 못 살겠다고 불평할 수 있겠다. 그러나 가끔은 활짝 개어 산뜻하게 씻긴 깊고도 높은 겨울 하늘을 보여주기도 한다. 며칠 동안 우울하게 보낸 마음이 있다면 그 하늘에 던져 말갛게 세탁해내야 할 일이다. 청명한 하늘에 감사하고, 그런 하늘을 만날 수 있게 된 행운을 다행스럽게 여겨야 한다.

날마다 아침을 주시고 새 숨결을 주시어 잠에서 깨워주신 신이 얼마나 감사한가! 기도로 하루를 열고 기도로 하루를 닫을 수 있다면 그의 삶이 얼마나 성결한 것이 되겠는가. 오늘이 궂은날이었다면 내일을 기대해보자. 내일은 무언가 좋은 일이 일어나겠지. 까치발을 디뎌보자. 이것이 희망이다. 나는 날마다 내일을 기대하며 산다. 내일을 꿈꾸며 산다. 비록 내가 꿈꾼 내일이 허탕일지라도 나는 날마다 내일을 꿈꾸고 내일을 기대한다.

얼마나 감사한 일인가

어제 늦은 오후에 또 병원을 다녀왔다. 이번엔 정형외과다. 왼쪽 팔꿈치에 탁구공 크기만 한 물집이 잡혀서였다. 이유를 모르겠다. 어디에다가 호되게 부딪쳤는지, 아니면 책상에 팔을 오래 고이고 있어서 그런 건지. 며칠 전 서울아산병원에 정기 검진을 받으러 가서 담당 의사에게 보였을 때 별스럽지 않은 것 같으니 시골로 내려가 동네 병원을 찾아가보라 해서 그렇게 한 것이다.

기다리고 있는 환자가 제법 많았다. 다른 때 같으면 기다리는 시간이 지루하다고 안절부절못하며 부

오늘도 네가 있어 마음속 꽃밭이다

시럭거렸을 텐데 진득하게 앉아서 기다렸다. 한참만에 내 차례가 와 진찰실 안으로 들어갔다. 의사가 대뜸 알아보아 주었다. 의사의 아들이 초등학교 시절 우리 집 딸아이와 책상을 이웃해 쓰던 단짝 친구였기 때문이었다. 그 뒤로도 발목에 통풍 기운이 있어 여러 차례 찾아가 신세를 졌으니 알아보는 것은 당연한 일이겠지 싶다.

의사는 근황을 물었다. 치료를 받으며 그동안 있었던 일들을 잠시 이야기 나누었다. 나는 요즈음 감사하고 고맙지 않은 것이 하나도 없다는 말을 했다. 의사는 치료하던 손길을 멈추고 잠시 내 눈을 똑바로 들여다보며 그 '감사'란 말에 주목하며 말했다.

"그렇습니다. 사람이 늘 감사하는 마음을 가지면 병에도 걸리지 않습니다. 건강한 사람이 됩니다. 사람이 불평불만하고 어두운 생각을 많이 해서 건강도 해치고 병에 걸리기도 하는 것입니다."

의사는 간단하게 치료를 하고 팔꿈치에 붕대를 감아주면서 책상에 앉아서 글을 쓸 때도 팔꿈치를 세우지 않도록 하고 될수록 아끼라고 일러주었다.

진찰실을 나오면서 나는 의사와 간호사에게 각각 '감사합니다' 하고 웃으며 인사를 했다. 짐작했던 것보다 간단하게 치료가 되었고 또 대단한 병이 아니라서 얼마나 다행스럽고 감사한 일인가. 내 몸의 병을 고쳐주었으니 그 의사와 간호사가 또 얼마나 감사한 사람들이겠는가.

자전거를 타고 어두운 밤길을 돌아오면서 나는 감사에 대해서 다시금 생각해보았다. 교회에서도 기도할 때 회개와 감사를 기도의 첫머리에 넣으라고 가르친다. 회개가 첫머리에 오는 건 알겠는데 감사가 첫머리인 건 잘 알지 못했던 바다. 그러나 이제는 알 만하겠다. 이미 내가 받은 것이 많지 않은가. (무엇을 어떻게 받았느냐 물으면 곤란한 일이다. 그건 각자의 몫이니까.) 받은 것이 있으니 감사한 일이다. 그것을 깨달았으니 그 또한 감사한 일이다.

감사는 신을 위해서 하는 것이 아니다. 자기 자신을 위해서 하는 것이다. 감사는 또 형식이나 예의가 아니다. 그것은 인간에게 꼭 필요한 것이고 마음의 한 양식과 같은 것이다.

치료를 받아서 그런지 자전거 핸들을 잡은 손이 한결 부드럽고 편안해졌다. 오늘 하루 이렇게 고요하게 저물어가는 것이 얼마나 감사한 일인가. 거리엔 어둠이 깔리고 집집이 창문에 불빛이 켜지고 있었다. 이 또한 얼마나 감사한 일인가.

폭설 속에서도 산비둘기가 우는 까닭

−뱁새울길

밤사이 눈이 내렸다. 내리더라도 흐무지게('흐뭇하게'의 방언) 아주 많은 눈이 내렸다. 해마다 이렇게 2월 하순쯤 내리는 눈은 폭설형이다. 깜짝쇼처럼 내리는 눈이고 혁명군처럼 온 땅을 점령해버리는 눈이다. 아마도 겨울이 떠나가면서 마지막으로 주고 싶은 선물이 있었던 모양이다.

우선 아파트 창문을 열고 베란다에서 두어 컷 신비로운 세상을 카메라에 담았다. 그러나 그쯤에서 만족할 내가 아니다. 밖으로 나가 이것저것 보면서 사진이라도 찍어두어야겠다. 이런 날은 눈이 빨리

오늘도 네가 있어 마음속 꽃밭이다

녹는다. 서둘러 아침밥을 먹고 등산화를 챙겨 신고 밖으로 나갔다.

우선 우금티 쪽으로 가보기로 했다. 생각했던 것보다 많은 눈이 내렸다. 아무도 발자국을 내지 않은 인도가 다소곳이 나의 발길을 기다리고 있었다.

멀리, 마을 앞길에 나와 넉가래로 눈을 치우는 남자들을 보았다. 오랜만에 만나는 정겨운 풍경이라 한참 동안 발길을 멈추고 바라보았다. 노인들인지 두어 삽 치우고 허리를 펴서 먼 곳을 바라보곤 했다.

발길이 우금티의 동학혁명군위령탑 쪽으로 곧장 나아가지 않고 왼쪽으로 돌아 도로를 가로질러 뱁새울 쪽으로 향했다. 뱁새울로 가려면 조그만 고개를 하나 넘어야 한다. 그러나 그것은 고개라 하기엔 민망한 아주 낮은 언덕 같은 것이다. 고개를 넘기 전, 오른쪽에 서 있는 건물은 노인병원이다. 예식장으로 지은 건물인데 영업이 안 되어 노인병원으로 바꾸자 환자들이 많이 들었다 한다. 결국 젊은이들을 위해 지어진 건물이 노인들을 위해서 쓰이고 있는 셈이었다.

고개를 넘다가 길가에 놓여 있는 낡은 의자 세 개를 만났다. 의자들도 눈을 맞은 채 가지런히 앉아 있었다. 마치 눈이 내려와 의자에 앉아 있는 것처럼 보였다. 밥그릇에 새하얀 쌀밥이 소복이 담겨 있는 것처럼도 보였다. 노인병원의 환자들이 볕바른 날 나와 앉아 있기도 했던 의자였겠지 싶다.

고개를 넘는데 주변 분위기가 아주 달랐다. 보통 때 같으면 썰렁했을 길이 아주 따스하고 정겨워진 느낌이 들었다. 눈 때문이지 싶었다. 고개 너머에는 사람들한테 버림받은 집이 여러 채 있다. 그러나 오늘만은 그런 집들도 덜 쓸쓸해 보였다. 이 또한 눈이 주는 위안 때문이라는 생각이 들었다.

집집이 개들이 짖었다. 삽살개, 누렁이, 진돗개 잡종. 가지가지 개들이 줄에 묶인 채 펄떡펄떡 뛰어오르며 내가 낯선 사람임을 알아보았다. 조금 늦은 아침 시간이라 다들 일터에 가거나 외출하고 개들만 남아 집을 지키고 있는 듯 싶었다. 오늘은 어쩐 일인지 개 짖는 소리조차 짜증스럽게 들리지 않았다. 그래, 짖을 테면 짖어보아라, 그런 심정이었을 것이다.

구부러지고 비탈진 길을 내려오는데 다시 눈발이 날렸다. 하늘빛까지 다시 꺼뭇해지고 있었다. 조금은 더 걷고 싶었지만 그럴 수 없게 되었다. 아파트 베란다에서 보면 빤히 건너다보이는 뱁새울로 가는 말랭이('마루'의 방언)에 있는 집을 지나쳤다. 할머니 혼자 사시는 집이다. 울타리도 없는 집. 길이 그대로 마당인 집. 문에 자물쇠가 채워지지 않은 것으로 보아 안에 할머니가 계신 듯 싶었다.

눈길을 내려갈 때는 부디 발밑을 조심해야 한다. 인생살이 또한 그러할 터. 조촘조촘 발자국을 떼어놓으며 집으로 돌아오는 길. 등 뒤에서 산비둘기가 울고 있었다. 구국구국. 어, 이렇게 폭설이 내린 날에도 산비둘기가 다 우네. 산비둘기 울음소리는 봄이 가깝다는 하나의 신호다.

아, 그렇구나. 지금은 봄이 분명 가까운 때. 느리게 우는 산비둘기 울음소리 속에 부드러운 봄의 숨결이 숨어 있었다.

우리는 이미 행복한 사람

행복. 어린아이들이 노래하듯이 부르는 말이고 젊은이들이 발돋움하면서 꿈꾸는 말이다. 치르치르와 미치르. 행복의 상징인 파랑새를 찾아서 오랫동안 길을 떠나 고생했지만 끝내 찾지 못하고 돌아왔는데 정작 그 파랑새가 자기네 집 새장 안에 있었다는 동화의 줄거리.

산 너머 언덕 너머 먼 하늘 밑
행복이 있다고 사람들이 말하네.
아, 나도 친구 따라 찾아갔다가

오늘도 네가 있어 마음속 꽃밭이다

눈물만 머금고 돌아왔다네.

　－카를 부세, 「산 너머 저쪽」 중에서

　어린 시절 읽은 이런 글들은 우리에게 많은 소망과 함께 실망도 주었다. 왜 오늘날 사람들은 스스로 불행하다 진단하는가? 우리나라 한국이 심지어 OECD 국가 가운데 행복지수 최하위, 자살률 최상위라는 지표는 도대체 무엇이란 말인가? 문제는 우리나라 사람들이 만족할 줄 몰라서 그렇다. 달라이라마 같은 분은 "탐욕의 반대는 무욕이 아니라 내게 잠시 머무는 것들에 대한 만족이다"라고 말했다. 그 만족이 우리에게는 부족한 것이다.

　그뿐이랴. 감사할 줄 몰라서 행복해하지 못한다. 감사하는 마음은 마음의 평안을 가져오고 만족을 가져온다. 연구자들은 사람이 감사하는 마음을 가지면 세로토닌이라는 신경전달물질이 나온다고 말한다. 세로토닌은 우울증을 막아주고 마음의 평정을 주며 스트레스를 감소시켜 끝내는 행복한 마음에 이르게 한다고 한다.

그렇다면 무엇을 감사해야 한단 말인가? 작은 일에 감사해야 한다. 그러기 위해서는 사소한 것, 오래된 것, 가까운 것들을 소중히 여기는 마음을 가져야 한다. 반복되는 일상을 사랑해야 한다. 이것을 '가난한 마음'이라고 부르고 싶다. 이런 가난한 마음만 있다면 만족과 감사가 저절로 이루어지리라고 본다.

그다음은 나의 일들을 남의 것과 지나치게 비교하지 말아야 한다. 불행감의 절반은 타인과의 비교에서 오는 뜬구름 같은 것이다. 그 뜬구름을 과감히 떨쳐내야 한다. 이 세상에 나보다 더 소중한 존재가 어디에 있단 말인가. 무엇보다도 나를 사랑하고 내게 있는 것들을 소중히 여길 줄 알아야 한다. 나를 왜 자꾸만 남과 비교하며 스스로 쭈그러들려고 한단 말인가.

저녁때
돌아갈 집이 있다는 것

힘들 때

오늘도 네가 있어 마음속 꽃밭이다

마음속으로 생각할 사람이 있다는 것

외로울 때
혼자 부를 노래 있다는 것.

내가 「행복」을 쓴 것은 육십 대 초반의 일이다. 그때는 오후가 되면 아내와 함께 집 주변의 산야 산책을 즐겨하던 시절이다. 산책을 마치고 집으로 돌아가려 하는데 다리가 아프고 몸이 좀 피곤했다. 얼른 집으로 돌아가 쉬고 싶단 생각을 했을 것이다. 그때 서쪽 하늘의 붉은 노을이 눈에 들어오고 하늘을 나는 새들도 보였다.

그런 것을 보면서 쓴 작품이 바로 「행복」이란 시다. '저녁때'가 되어 돌아갈 집이 나에게도 있다는 것이 매우 다행스럽게 생각되었다. "여보, 이제 우리 그만 걷고 집으로 돌아갑시다." 돌아보니 아내도 고개를 주억거리며 동의해주었다. 집에 가면 무엇이 있나? 헌 옷과 헌 집기들이 있고 헌 신발이 있다. 내가 쓰던 물건들이 있다. 먹을 것들도 있다. 그래도 그것이 나의 것이다. 가족과 함께 한집에 사는 것보다 축복받은 인생은 없다. 여기서 '집'은 물질을 상징한다. 우리 삶은 물질에 그 기본이 있기 때문이다.

이렇게 물질 다음에는 사람이다. 하루 중 '저녁때'가 있는 것처럼 살다보면 누구에게나 '힘들 때'가 있기 마련이다. 그 힘들 때를 어떻게 넘기는가? 물질만 가지고서는 안 된다. 사람이 있어야 한다. 아니다. 물질은 나중이고 사람이 먼저다. 그래서 젊은이들에게 물질과 사람 가운데 선택할 필요가 있을 때는 사람을 먼저 선택하라고 일러주기도 한다. 내가 죽을 병에 걸렸을 때 나를 살린 것은 약과 주사와 병원 시설과 같은 물질의 도움도 있었지만 더 많게는 의사와 간호사와 가족의 도움이었다. 물질보다는 사람이다.

그다음, 물질과 사람 위에 꽃으로 얹히는 것은 문화다. 나의 시에서는 '노래'라고 표현했다. 역시 사람에게는 '저녁때'와 '힘들 때'처럼 '외로울 때'도 있게 마련이다. 이것은 정서의 문제로 인간은 물질과 사람만이 아니라 정서의 문제로도 힘들 때(외로울 때)가 있다. 이때 부르는 노래는 구체적인 노래만이 아니라 사람마다 좋아하고 즐겨 하는 모든 문화적인 행위를 총칭하는 그 무엇이다.

결국 인간은 집과 사람과 노래로 산다. 진정 그것이 그럴진대 그 집과 사람과 노래가 없는 사람은 거의 없다. 결국 우리는 모두가 행복한 사람들이다. 다만 그 행복을 자기가 깨닫지 못할 따름이다. 그래서 나는 말한다. 이 세상에는 자기가 행복한 사람인 것을 아는 사람과 그것을 알지 못하는 사람이 있을 뿐이라고.

기뻐하라

우리들 인생에서 가장 소중한 것은 무엇일까? 아무리 둘러봐도 행복한 인생보다 더 소중한 것은 없지 싶다. 하루하루 이 행복한 인생을 위해 우리는 무한 경쟁을 마다하지 않으며 힘들게 살아가는 것이다.

그런데 행복한 인생이 되기 위한 전제조건은 또 무엇일까? 단도직입적으로 말해보면 그 해답은 기쁨이다. 기쁨. 기쁘다. 기쁜 인생. 그보다 더 좋은 것은 없다. 이것이야말로 인생 최대의 목표고 최상의 가치다.

공자님과 예수님은 서로 만나서 대화한 일이 없

오늘도 네가 있어 마음속 꽃밭이다

었지만 똑같은 해답을 내놓고 있다. 공자님의 가르침이 들어있는 책인 『논어』를 읽어보면 '기뻐하라'와 '즐거워하라'가 아주 많이 나온다. 한두 군데가 아니다.

논어의 첫머리에 나오는 문장부터가 그렇다. '배우고 때때로 익히면 즐겁지 아니한가.' '먼 곳에서 벗이 스스로 찾아왔으니 즐겁지 아니한가.' 두 문장의 핵심은 '기뻐하고 즐거워하라'다. 이것이 공자님의 권고다.

그러면 예수님은 어떠신가? '항상 기뻐하라. 쉬지 말고 기도하라. 범사에 감사하라.' 『성경』에 나오는 말씀이다. 두 분의 말씀 가운데 핵심은 '기뻐하라'이다. 기뻐하라. 그런데 어떻게 기뻐하는가? 도대체 무엇을 기뻐할 것인가. 기뻐할 일이 있기나 한 것인가?

이것이 문제다. 기뻐해야 하는 것은 아는데 정작 기뻐할 만한 일이 없다는 것이 문제다. 나라고 해서 무슨 묘안이 따로 있는 건 아니다. 다만 이런 말을 잠시 드리고 싶다.

우리 삶에서 기쁜 일, 즐거운 일이 별로 많지 않다.

그렇다면 한번 생각을 바꾸고 시각을 바꾸어보는 것도 하나의 방법이겠다. 어떻게 바꾸는가? 먼 것에서 가까운 것으로 바꾸고, 큰 것에서 작은 것으로 바꾸고, 새것에서 낡은 것으로 바꾸고, 비싼 것에서 값싼 것으로 바꾸어보는 것이다.

힘들더라도 한번 그렇게 해보자. 그럴 때 우리에게는 이미 좋은 것, 소중한 것, 아름다운 것이 많이 있음을 깨닫게 될 것이다. 그러니까 내 말은, 내게 없는 것을 꿈꾸면서 힘들어하지 말고 이미 내게 있는 것을 살피면서 기쁜 마음을 갖자는 것이다.

그래서 나는 말하고 싶다. 오래된 것, 작은 것, 버려진 것, 값싼 것을 아끼고 소중히 여기는 마음이 정말로 기쁜 마음이고 또 좋은 마음이고 끝내 행복에 이르는 마음이라고. 그렇게만 되면 우리는 조금씩 행복해지는 자신을 발견하게 될 것이다.

50년이 너무 빠르다

 오랫동안 가 보고 싶었다. 마음으로만 그랬을 뿐, 용기를 내지 못했다. 기억의 뒤안길. 내가 다닌 초등학교가 있는 마을. 외할머니와 둘이서 살던 오막살이가 있던 마을.

 설 전날 고향 집에 내려간 김에 짬을 내었다. 마침 아들아이가 자동차를 가지고 있어 데려가달라 했다. 걸어서 한나절 허우적거리던 길이 이야기 몇 마디 주고받는 사이 끝이 나버렸다. 여기는 큰 내, 저기는 작은 내. 아들아이에게 될수록 천천히 운전해달라고 부탁했다. 그래도 길은 너무 쉽게 줄어들었다. 저기는 이발소가 있던 곳, 저기는 가게가 있었고 술집이 있던 자리, 또 저 건너는 무서운 상엿집이 있던 곳. 면사무소는 그 자리에 있네. 면사무소 옆이 학교이고 그 옆이 지서였지. 그리고 한참 더 가면 비성거리(비석거리)가 나오지. 학교도 옛 모습은 없었다. 다만 운동장 가장자리 키 큰 버즘나무 두 그루, 늙어서 꾸부정한 소나무 한 그루, 고사枯死 직전인 벚나무만이 아슴아슴 눈에 익었다.

이내 마을길로 들어섰다. 감꽃을 줍던 감나무, 줄지어 선 죽나무, 무궁화 울타리는 이미 없고 마을의 젖줄이던 공동 샘물은 썩은 물을 안고 있었다. 꿕뜸 마을. 한 바퀴 휘익 도는데 그다지 시간이 걸리지 않았다. 언덕에도 올라보았다. 길은 새로이 생기기도 하고 지워지기도 했지만 내가 알고 있던 길들은 대부분 지워지고 없었다. 집들도 그랬다. 기억 속의 집들은 모두 빈집이 되었거나 허물어져가고 있었다. 새로운 커다란 집들이 눈을 부라리며 거만하게 나를 바라보고 있었다. 어른도 몇, 아이들도 몇 만났지만 아무도 나를 알아보는 사람은 없었다. 아니, 알아보려고 하지 않았다.

마을길을 가로질러 뒷동산에 올랐다. 아이들과 항복 놀이를 하던 묘 잔등, 뒹굴기 놀이를 하던 잔디 언덕, 소나무 수풀은 그대로 있었다. 오소매샘물로 가는 오솔길이 용케 남아 있었다. 아, 변하지 않은 것들은 모두 마을의 뒤쪽에 있었구나. 그것은 하나의 발견이었고 조그만 회한이었다. 발길은 이끌리듯 고목나무 아래를 스쳐 한 곳에 머문다. 조그만 뙈기밭. 겨울철이라 흙이 시뻘겋게 맨살을 드러내 놓고 누워 있는 거기. 거기는 외할머니네 집이 있던 자리다. 아무것도 없다. 하다못해 깨진 옹기 조각 하나 없다. 그저 조그만 밭일 따름인 빈 땅이 거기 있었다. 지난번 강추위에 둘러선 신우대들도 얼어 죽어 허연 몰골로 바람에 몸을 비틀고 있었다.

내 여기 무엇을 찾으러 왔더란 말이냐! 발길을 돌려 내려오는 길. 얼었던 흙이 녹아 구두 뒤축에 달라붙어 찐득거렸다. '꾸국꾸국'. 겨울철인데도 어디선가 산비둘기가 슬픈 일도 없이 목 놓아 운다. 헤아려보면 외할머니 세상 뜨신 지 25년. 내가 초등학교를 졸업하고 외갓집을 떠난 지 50년. 그동안 무슨 일들이 나에게 일어났던가? 내가 이룬 것은 무엇이고 나에게 남겨진 것은 도대체 무엇이란 말인가? 다만 늙고 조그마해진 남자가 이렇게 작정도 없이 돌아왔을 뿐이다. 아니다. 잠시 이 자리 이렇게 머물다 다시 또 어디론가 흘러갈 뿐이다. 50년이 너무나 빠르다. 내 다시는 이곳을 찾지 않으리라. 그날 나는 산비둘기처럼 허튼 목청으로 목 놓아 울 수도 없었다.

집으로 돌아가고 싶다
–병원에서 쓴 글

　지난 3월 1일 새벽, 서둘러 입원 준비를 위해 짐
보따리를 싸 들고 택시를 불러 집을 떠나온 지 다섯
달을 넘기고 어느새 여섯 달로 접어들고 있다. 그동
안 몇 차례 퇴원 이야기가 없었던 건 아니지만 몸 상
태가 말을 들어주지 않으니 가족이나 의사들로서도
망설이지 않을 수 없는 노릇이었다. 앞으로 나아갔
다 뒤로 미끄러졌다 하기를 몇 번이고 되풀이하고
있었다.

　하기야 대전에서 병원 생활 3개월을 보내고 주사
로 만신창이가 된 몸을 이끌고 서울의 이 병원을 찾

아올 때를 생각하면 오늘의 형편은 매우 긍정적으로 장족의 발전을 한 셈이다. 유동식 식사를 위해 코에 끼웠던 줄(그냥 편하게 말해서 콧줄이라고 부르는)을 뽑고 양팔에 꽂았던 주삿바늘도 뽑아내고, 물 한 모금 마시지 못하던 사람이 마음 놓고 밥도 먹고 물도 마시고 과일도 먹게 되었으니 이 얼마나 놀라운 호전인가.

병원 생활을 하면서 집으로 돌아갈 수 있으리라는 소망을 갖게 된 것은 그리 오래전 일이 아니다. 몸이 조금씩 좋아지고 상황이 호전되다 보니 그런 꿈 같은 생각도 하게 된 것이리라. 집이 별건가. 곁에 믿음직한 보호자 격인 아내가 있고 커튼으로나마 가리개가 있어 아내랑 둘이서 잠을 잘 수 있는 공간이 마련되어 있으니 여기가 바로 우리의 집이 아니겠나! 우리는 지금 병원으로 긴 여행을 떠나왔거나 휴가를 얻어서 쉬고 있는 사람들. 좋은 시절만 내 인생인 게 아니라 이렇게 불운의 시절, 고난의 시절까지도 내 인생의 일부분이 아니겠는가.

그러나 그게 아니었다. 어느 날 갑자기 가슴 밑바

닥으로부터 스멀스멀 피어오르기 시작하는 느낌의
촉수들. '아, 나도 집으로 돌아가고 싶다. 집으로 돌
아가는 사람이고 싶다.' 맑게 갠 날, 남쪽으로 터진
하늘 멀리 산들이 보인다. 높게 낮게 엎드린 봉우리
와 봉우리들. 저 산봉우리 어디쯤엔가 내가 살았던
공주가 있으리라. 공주 한 귀퉁이에 금학동이 있고
또 내 집도 있으리라.

집이란 무엇인가? 쉽게 말해 저녁때 날이 어두워
지면 돌아가는 곳이 바로 집이다. 그곳엔 편안히 쉴
공간이 있고 사랑하는 가족들이 있다. 또 생활하는
데 필요한 온갖 잡동사니 물건들도 있다. 그러나 그
보다 더 중요한 것으로 우리 마음 한 자락이 남아 있
는 곳이 집이다. 나도 모르게 남겨놓은 또 하나의 마
음이 바로 집인 것이다.

가령, 한 아이가 친척 집에 가 며칠을 묵었다 하자.
해가 밝은 낮 동안은 동네 아이들이랑 어울려 잘 놀
다가도 해가 저물고 날이 어두워지면 시무룩한 표
정을 짓는다. 방에 불이 켜지고 이웃집 창문에도 불
이 켜지고 저녁 밥상이 차려지고 그릇이며 수저나

젓가락 부딪는 달그락 소리가 나게 되면 아이는 불현듯 집 생각을 떠올리고 집으로 돌아가겠다고 떼를 쓰면서 울기도 한다. 하지만 그 밤이 지나고 새로 아침이 밝아오면 아이는 언제 그랬느냐는 듯 다시 명랑한 아이가 되어 동네 아이들이랑 어울려 논다. 실상 집이란 것은 어른들에게도 이 아이처럼 저녁때가 되어 생각나는 장소나 그 어떤 대상이 아닐까 싶다.

이번에 나는 병원에 와 겨울의 끝자락을 보내고 봄을 보내고 지금은 여름의 한복판을 살고 있다. 우리 가족 네 사람, 나와 아내, 아들과 딸의 생일을 차례대로 병원에서 맞았으니 우연치고서는 좀 지나친 우연이었다 할 것이다.

험한 말도 많이 들었다. 대전의 병원에서는 일주일 안으로 생명이 다할 테니 이에 대비하란 말을 듣기도 했고, 수술받는 것을 유일한 희망으로 알고 찾아온 이곳 병원에서는 수술해도 살기 어렵고 수술하지 않아도 살기 어렵노라는 말을 의사로부터 들었다. 또 암보다도 탈출하기 어려운 병이란 말을 듣기도 했다. 내가 생각해보아도 오늘날 이렇게 숨 쉬는 사람일 수 있는 것은 기적에 가까운 일이라 하겠다. 아니, 기적 바로 그것이다. 그런 마당에 무엇을 더 욕심내고 바라겠나.

이렇게 생각을 고쳐 갖기도 해보지만 나도 모르게 은근하게 솟아오르는 느낌과도 같은 것, 집으로 돌아가고 싶다는 욕망은 쉽사리 지워지지 않는다. 공주로 돌아가 그동안 보지 못했던 공주의 산이며 들판, 강물을 둘러보아야지. 공주 사람들을 만나고 공주의 거리를 천천히 걸어보아야지. 그리하여 다시금 공주 풍경의 일부가 되어야지. 하마터면 만나지 못할 뻔한 것들. 그리운 것들. 그러고 보면 공주 전체가 나에게는 집의 의미를 지닌다 할 것이다.

집으로 돌아오다

　드디어 퇴원하게 되었다. 어제 아침, 담당 의사로부터 분명한 말을 듣긴 했지만 다시 발목 잡히는 일이 불거져 나올까봐 마음속으론 조마조마했던 터이다. 맨 처음 퇴원 이야기가 시작된 것은 8월 1일. 오늘이 20일이니까 20일 동안이나 이런저런 이유로 밀고 당기고 하다 퇴원 일자가 이렇게 늦어진 것이다. 그동안 나는 병원에선 간다 간다 하면서 못 가는 환자였고 공주 사람들에겐 온다 온다 하면서 못 오는 사람이었다.

　복잡한 퇴원 수속을 마치고 집으로 돌아가는 자

　　　　오늘도　네가　있어　마음속　꽃밭이다

동차까지 준비된 것은 오후였다. 직장에서 일을 끝
낸 사위가 딸과 함께 차로 우리를 데려다주기로 한
것이다. 서울 시내를 벗어나자 차창으로 하늘이 넓
게 터져 보이고 하늘 한가운데로 뭉게구름이 피어
오르는 게 보였다. 뭉게구름은 여름의 끝자락에 생
겨나는 구름. 올해도 여름이 물러가고 있다는 한 알
음장이기도 한 것이다. 드물게 서쪽 하늘에 저녁노
을도 보인다. 비로소 나는 병상에서 벗어났다는 실
감에 사로잡힌다.

자동차가 남쪽으로 방향을 잡고 달리면서 차창
밖 풍경도 따라서 바뀌어 간다. 우선 산의 모습이 그
렇다. 고도가 낮아지면서 그 능선이 점점 부드러워
지는 것이다. 그래 저거야, 저거. 나의 마음도 따라서
낮아지고 부드러워지고 편안해져 간다. 애당초 인간
은 자연의 아이. 언제든 자연을 떠나서는 살 수가 없
다. 그러므로 자연과 인간은 서로 닮게 되어 있다. 두
몸이 아니고 한 몸인 것이다. 저 산의 모습이 바로
나의 모습이고 나의 모습이 또 저 산의 모습이 아니
겠나. 생각에 젖는 사이, 차창 밖은 완전히 어두워지

고 있었다. 어둑한 산기슭으로 하나둘씩 켜지는 불빛도 보였다.

집에 돌아온 것은 밤 8시가 조금 넘은 시각. 병원 생활이 길었던 만큼 따라온 짐들도 수월찮았다. 짐을 옮기고 한동안 쉬다가 딸과 사위가 서울로 되짚어 올라갔다. 드디어 아내와 둘이 되었을 때 우리는 거실에서 무릎을 맞대고 크게 소리를 내어 기도를 드렸다. 기도를 드리는 동안 눈물이 저절로 흘러나왔다. 아, 나는 그동안 얼마나 이 집으로 돌아오고 싶어 했던가. 얼마나 이 집을 그리워했던가. 집으로 이렇게 돌아온 것만으로도 얼마나 감사한 일이겠나. 다시는 돌아올 수 없을 것이라는 생각으로 떠났던 집. 서양의 어떤 장군은 "왔노라 보았노라 이겼노라"라고 말했다. 하지만 나는 오늘 "왔노라 돌아왔노라 집으로 돌아왔노라"라고 외치고 싶은 심정이다.

기도를 마치고 집 안을 휘익 한번 둘러 보았다. 변한 것이 별로 없었다. 병원 생활을 하는 동안 두 차례 아내가 집으로 돌아와 집 안 청소를 한 탓으로 모든 것들이 깨끗했고 잘 정돈되어 있었다. 다만 화분

오늘도 네가 있어 마음속 꽃밭이다

의 수가 많이 준 것이 바뀐 점이었다. 오디오 세트도 제자리에 있고 식탁이며 의자도 제자리에 있다. 공주로 이사 온 이후 줄곧 함께 살아온 싸구려 벽시계도 제자리에 걸려 있고 부엌 싱크대 위의 자잘한 살림 도구들도 여전하다. 그리고 딸아이가 초등학교 다닐 때 사주었던 달나라 별나라 인형도 제자리에 걸려 있다. 모든 게 제자리에 있다는 것은 하나의 미덕이다. 그것은 편안함이고 질서이고 아름다움이기도 하다.

눈길이 안락의자에 갔다. 아내와 나는 평소 안락의자 등받이 위에 이것저것 잡동사니 물건들을 놓아두고 사용하는 버릇이 있다. 몇 권의 책도 보이고 조그만 액자도 보이고 연필통이며 전화기도 보이고 문간 쪽으로 몇 켤레의 털실 장갑도 보인다. 털실 장갑! 그것은 겨울에 사용하던 물건이다. 지금이 어느 계절인데 털실 장갑이 안락의자 위에 버티고 있단 말인가! 그렇다. 우리는 털실 장갑을 끼며 생활하던 계절에 집을 떠났다가 여름의 끝자락에서야 집으로 돌아온 사람들이다.

병원에서 일찍 잠자리에서 일어나던 버릇이 남아 다음 날 아침엔 일찍 잠에서 깨었다. 어쩌면 잠자리가 바뀌어 잠을 설쳤는지도 모르는 일이겠다. 오래된 버릇처럼 오디오 앞으로 가 버튼을 눌러 음악을 만들어낸다. 음악이라 해서 꼭 고급 음악을 고집할 필요는 없다. 싸구려 음악이라 해도 좋다. 대중가요 한 구절이면 또 어떠하랴. 음악 소리는 거실을 가득 채우면서 출렁이기 시작한다. 부엌에선 또 아내가 만들어내는 밥 짓는 소리가 음악 소리 사이를 비집고 들어온다.

열어놓은 창문으로 바람이 불어온다. 바람은 난초 이파리를 흔들고 지나간다. 오랫동안 집을 비운 사이 물을 제대로 얻어먹지 못해 대부분의 꽃들이 말라 죽었고 그나마 목숨이 질겨 겨우 살아남은 난초 화분의 이파리다. 난초 이파리는 성글다. 싱싱하지 못하다. 힘이 없어 보인다. 축 늘어져 있다. 다시 한번 난초 이파리 위로 바람이 지나간다. 난초 이파리가 줄렁, 몸을 흔든다. 몸을 흔드는 난초 이파리 사이로 음악이 흐른다. 머잖아 가을은 또 우리 앞으로 찾

오늘도   네가   있어   마음속   꽃밭이다

아올 것이다. 그건 어길 수 없는 하나의 약속. 그것이
또 우리에게 가냘픈 희망이다.

잘 사는 인생

어떻게 사는 것이 잘 사는 삶이고 성공하는 인생일까? 개인적으로 자기가 하고 싶은 일을 하면서 사는 것이 잘 사는 인생이고 성공한 삶이라고 생각한다. 남이 하는 일 가운데 좋아 보이는 것을 따라서 할 필요는 없다. 그래서는 안 된다. 단연코 자기가 하고 싶은 일, 좋아하는 일을 하면서 살아야 한다.

누구나 일단은 기본 교육을 받고 나서 성인이 되었을 때 자기가 어떤 일을 하면서 살아야 할 것인가를 생각하게 된다. 그래서 찾는 일터가 바로 직장이고 그 일이 직업이다. 이때 잘 생각해야 한다. 나의

오늘도   네가   있어   마음속   꽃밭이다

직장과 직업이 꼭 잘 먹고 잘 살기만을 위한 것인가? 그래도 좋은가?

비록 잘 사는 일이 조금 지체된다 하더라도 공부하는 것이 좋은 사람은 계속 공부를 해야 하고, 운동이 좋은 사람은 운동을 계속해야 하고, 물건 만드는 일, 노래 부르는 일, 그림 그리는 일, 연극하는 일, 여행하는 일 등을 좋아하는 사람은 각각 그 일을 계속해나가야 한다. 그러다보면 그 일이 자기 직업이 될 수 있고 언젠가는 밥벌이가 될 수도 있다.

그것이 진정한 직업이고 일생을 두고서 이루어야 할 인생의 목표이자 과업이다. 직업을 오직 잘살기 위한 수단, 밥벌이나 생활의 방편으로만 삼는다면 이야말로 답답한 일이고 궁색한 일이고 슬픈 일이다. 나중에는 지겨워서 못 견디게 될 것이다. 겉으로 그럴듯하고 좋아 보인다 해도 그것은 고역이요, 감옥살이요, 끝내는 허송세월한 인생이 될 것이 분명하다.

성공한 인생, 잘 사는 삶에 대한 내 생각은 이렇다. 첫째는 자기가 좋아하는 일을 하면서 살 것. 둘째는 그 일이 타인에게 피해가 되지 않을 것. 셋째는 그 일이 남들이 부러워하는 일이 되고 남들에게 도움이 되는 일이 될 것. 말은 쉽지만 이런 일이 누구에게나 녹록하게 가능한 것은 아니다.

나는 어려서부터 연필과 종이를 좋아했다. 혼자서 노는 시간을 즐겼고 혼자서 생각하는 일을 좋아했다. 그래서 결국 글 쓰는 사람이 되었는지 모르고 서툴게나마 연필 그림을 그리는 사람이 되었는지 모른다. 그 두 가지 일을 하면서 나는 언제나 즐거웠고 내 인생의 시간을 잘라 바치는 일이 하나도 아깝지 않았다. 어쩌면 그 두 가지 일이 오늘의 나를 만들었는지 모른다. 지금도 나는 혼자서 지내는 시간을 결코 두려워하지 않는다. 그 시간은 내가 정말로 내가 되어보는 시간이고 나를 다시 들여다보는 시간이고 나의 인생을 재발견하는 시간이기 때문이다.

청소년 시절부터 내 소원은 세 가지였다. 첫째는 시인이 되는 것이었고 둘째는 좋은 여자한테 장가 가는 것이었고 셋째는 공주에서 집을 구해 사는 것이었다. 오늘에 이르러 나는 그 세 가지를 다 이루었다고 말하면서 사는 사람이다. 특히 첫 번째 소원인 시인이 되는 꿈은 정말로 내가 이루고 싶은 꿈이었고 시인으로 사는 삶은 정말로 내가 살아보고 싶은 삶이었다. 지금까지 몇 십 년 동안 시를 써서 잡지에 발표도 하고 시집을 여러 권 내기도 했으며, 이제는 세상 누구나 나를 알 만한 사람들은 나를 시인이라 불러주니 이 얼마나 좋은가! 이것은 최상의 명예고 성취고 기쁨이다.

살면서 또 나는 스스로 한 일 가운데 네 가지를 잘한 일이라 말하며 살아왔다. 첫째가 시인인 것. 둘째가 초등학교 선생을 오래한 것. 셋째가 시골에서 계속 산 것. 넷째가 자동차 없이 산 것. 시인인 것은 그렇다 치고 초등학교 선생을 하느라 43년 3개월을 보냈다. 지루하기도 했지만 그래도 오늘날 국가로부터 상당액의 연금을 받는 사람이 된 것은 오로지 그 덕분이다. 시골에서 줄곧 살아왔으므로 나는 자연의 아름다움을 늘 가까이하는 사람이 되었고 도시화하지 않은 사람으로 남을 수 있었다. 이것도 고마운 일이다.

자동차 없이 살아서 가족들은 불편하고 상대적 빈곤감을 수월찮게 느꼈을 것이다. 그러나 나는 다소 불편하긴 했지만 버스나 택시와 같은 교통 수단으로 해결하는 매일매일이 그다지 나쁘지 않았으며 여전히 길을 걷는 사람으로 살게 해주었다고 생각한다. 그러는 바람에 나의 두 다리는 오랜 병고를 거친 뒤에도 다시금 실팍하게 근육 살이 올랐고 나이 들어서도 여전히 자연과 교감하는 사람으로 남을 수 있었다.

　최근에는 자전거가 나의 주된 교통 수단이다. 남들이 보면 궁색하다 그러겠지만 내가 좋아서 하는 일이니 좋은 일이고 앞으로도 계속할 만한 일이라 하겠다. 자전거는 차 가진 사람 못지않게 내가 아끼는 살림 도구 가운데 하나다.

오늘도　네가　있어　마음속　꽃밭이다

몸으로 하는 기억

사람의 기억은 주로 경험에서 온 것이고 그것은 인식을 통해서 마음에 저장된다. 단순한 기억이 있을 수 있고 좀 더 복잡한 기억이 있을 수 있겠다. 대략 기억은 두뇌작용 중 이성적 영역과 많이 관련이 있다. 하지만 정서적인 기억 또한 만만치 않아서 우리는 그것을 추억이라고 따로 갈라서 이름 지어 부르기도 한다.

요즘 가끔 느끼는 일이다. 사람에겐 이성적, 감성적 기억과 더불어 몸으로 하는 기억도 있을 수 있다는 것. 번번이 책을 쓸 때나 책을 편집할 때 나는 다른 사람에게 그 일을 부탁하지 않고 나 스스로 컴퓨터 자판기를 두드려 원고를 작성한다. 물론 독수리 타법이다. 더러는 좋은 문장이나 기사가 있으면 노트에 적어두기도 한다. 이런 일들이 나에게 많은 도움을 준다.

내 마음이나 이성이 기억하는 것이 아니다. 정서적으로 느껴지는 것도 아니다. 노트에 베끼거나 컴퓨터 자판을 두드리다 보면, 아 그랬어, 그랬지, 바로 그거야, 그렇구나 하는 특별한 자각 같은 것이 오기도 한다. 마치 이것은 지구 반대편으로 여행 갔다가 돌아와 며칠 시차 적응하는 일과 같고 유년 시절 음식 맛에 대한 혀의 기억과 닮았고 또 모처럼 고향에 돌아갔을 때 온몸이 보이는 반응과 같다.

이렇게 몸으로 하는 기억은 보다 더 자연 친화적이면서 근원적인 기억이다. 보다 더 본능적이고 깊은 기억이다. 가령 강물을 생각해보자. 강물을 스쳐가는 물과 모래와 거기에 사는 물고기들을 떠올려보자. 그들은 결코 사람들처럼 지적이거나 정서적으로 기억하지 않는다. 다만 서로를 알고 서로가 조화를 이루면서 어울릴 뿐이다.

아, 그 아름다움이라니! 지극함이라니! 그것은 바람과 나무와 수풀과 새들의 관계도 그럴 것이고, 하늘과 구름과 바람과 별들과 벼락이나 천둥의 관계도 그럴 것이다. 그것은 외출에서 돌아와 실내로 들어왔을 때 후끈 느껴지는 공기나 냄새에서도 그렇고 밤 늦도록 잠자지 않고 기다려주는 아내의 눈빛이나 몸짓이나 체취에서도 두루 느껴지는 것이다.

그것이 진정 그러하다면 아내나 내가 강물과 모래나 물고기와 별로 다르지 않다는 생각이다. 하늘에 오가는 구름이나 바람의 어울림과도 별반 다르지 않다고 생각한다. 그 무심한 듯 깊은 어울림이여. 인식을 넘어선 또 하나의 인식이여. 나는 이러한 세계를 굳이 사랑이란 이름으로 한정 지어 부르고 싶지 않다.

조각 시간

지상의 모든 존재가 가장 크게 영향받는 것이 있다면 그것은 시간과 공간의 제약일 것이다. 그 가운데서도 시간은 더욱더 인간의 삶을 조이고 잘라서 안타깝게 만들어준다. 우리 인생이란 것 자체가 시간과의 약속이고 경주다. 애당초 우리는 그렇게 시간의 지배를 받으며 살 수밖에 없는 가엾은 존재들이다.

공간의 문제도 그러하지만 시간의 문제는 매우 중요하다. 인간은 살아가면서 자기에게 주어진 시간을 어떻게 조절하며 사느냐에 따라 그 인생의 성공

오늘도 네가 있어 마음속 꽃밭이다

여부가 결정된다. 시간은 누구에게나 동일하다. 하루는 24시간일 뿐이다. 그 24시간을 어떻게 사용하면서 살 것인가? 거기에 인생의 초점이 모아진다.

세상에서 가장 무서운 명령자가 있다면 그것은 시간일 것이다. 시간이 오라 하면 와야 하고, 가라 하면 가야 한다. 또 정지하라면 정지해야만 한다. 시간의 명령을 어길 사람은 이 세상에 아무도 없다. 지금까지도 그랬고 앞으로도 그럴 것이다. 시간 앞에서 큰소리칠 사람, 허풍 떨 사람이 어디 있단 말인가! 가장 힘센 존재가 바로 시간이다. 시간의 위풍당당함 앞에서 우리는 다만 자신의 무력함을 실감할 뿐이다.

이렇게 소중하고도 무서운 시간을 우리는 어떻게 사용하며 살아야 할 것인가? 사람들은 흔히 자기에게 주어진 시간이 무한정 많은 줄 착각하기 쉽다. 우선 시간은 제한된 것이며 그 자체가 대체 불가능하다는 것을 깨달을 필요가 있다. 한 번 흘러간 시간은 다시는 오지 않는다. 빌려주거나 빌려 올 수도 없다. 그러므로 시간은 돈이나 물건보다도 중요한 재화다.

오늘 못 하면 내일 하지, 그렇게 생각하고 오늘 일을 내일로 미루어선 안 된다. 그것은 실패한 인생으로 가는 제일 친숙하고 가까운 길이다. 가능한 대로 오늘의 일은 오늘 하도록 힘써야 한다. 버릇부터 그렇게 들여야 한다. 최선에 최선을 다해야 한다. 그러므로 시간을 공손히 받들어 쓸 필요가 있겠다.

그다음엔 조각 시간을 함부로 하지 않는 일이다. 조각 시간을 정성껏 사용하는 일이다. 하루의 일정을 살펴보면 커다란 덩어리로 된 시간이 있는가 하면 그 덩어리들 사이에 끼어 있는 조각 시간을 발견하게 될 것이다. 누군가를 기다리는 시간. 자동차를 타고 가는 시간. 더러는 길게 쉬는 시간. 멍하니 앉아 있는 시간. 길을 걷는 시간조차도 조각 시간이다. 그러한 조각 시간을 함부로 하거나 내쳐서는 안 된다.

우리는 주변에서 조각보란 것을 더러 본 적이 있을 것이다. 옷을 짓고 남은 자투리 옷감들을 모아두었다가 그것을 기워 만든 보자기 말이다. 서로 다른 무늬와 빛깔을 가졌지만 한데 모아서 기워놓고 보니 그런대로 쓸모 있는 하나의 커다랗고 아름다운 보자기가 되지 않던가! 바로 그것이다. 우리 인생도 이렇게 옷감 조각들이 모여 하나의 그럴듯한 조각보를 완성하듯이 조각 시간이 모여서 그럴듯한 인생을 완성하는 것이다. 조각보 인생이고 조각 시간 인생이다.

성공한 사람들. 특별한 사람들. 그들은 모두가 이 조각 시간을 함부로 하지 않고 잘 사용한 사람들이다. 그 조각 시간에 무언가 자기가 하고 싶었던 일들을 한 사람들이다. 정말 성공하고 싶은가? 정말 특별한 사람이 되고 싶은가? 그렇다면 지금부터라도 조각 시간을 정성껏 아끼면서 살아야 할 일이다.

풀꽃의 모양은

풀꽃에게 물어라

3

봄이 되면

    해마다 봄은 커다란 몸짓으로 오지 않는다. 아주 조그맣게 비밀스럽게, 돌 지난 아기의 아장걸음으로 까치발을 딛고 살금살금 다가온다. 해마다 봄은 미세한 소리로 온다. 들릴 듯 말 듯 속삭임으로 온다. 봄이 처마 끝에서 나뭇가지에서 서성이고 있지만 그것을 눈치로 알아보는 사람은 그다지 많지 않다. 차라리 봄은 소매 끝으로 스며들고 목덜미를 핥고 속눈썹을 간질인다고나 할까. 비로소 봄이 우리 발밑에 꽃방석을 깔고 푸른 주단을 풀어헤치고 새소리의 잔치를 벌일 때 사람들은 겨우, 아! 또다시 봄이구나, 느낄 따름이다.

봄은 또다시 기적이고 어길 수 없는 은혜다. 올해
도 그건 그랬다. 우선 햇빛이 달랐다. 설날을 지나면
서 찌푸린 햇빛이 조금씩 부드러워지는가 싶더니
어디선가 산비둘기 우는 소리가 들려오는 거였다.
산비둘기는 이른 봄의 가수다. 그것도 허스키한 목
소리를 자랑하는 가수다. 가까이에서 울어도 아주
멀리서 우는 것처럼 들린다. 아득하다. 사람의 마음
을 멀리까지 데리고 간다.

어려서 봄은 생선 장수의 목소리에서 왔다. 어느
날 산골 마을에 생선을 사라고 외치는 낯선 아저씨
의 목소리가 들리면서 봄은 출렁, 한꺼번에 가파른
산 말랭이를 넘어오곤 했던 것이다. 그 아저씨의 목
소리에 바다 비린내라도 묻어 있었던 걸까. 생선 장
수 아저씨는 집집이 황새기(황석어)며 쭈꾸미(주꾸미)
비린내를 골고루 나누어주면서 돌아갔다.

그 가운데서도 잊지 못할 것은 뱅어다. 아이 손가
락 굵기만 한 오동통하니 동그란 몸통을 가진, 미꾸
라지처럼 생긴 바다 생선. 그렇지만 몸 빛깔이 새하

오늘도   네가   있어   마음속   꽃밭이다

얇고 투명하여 배 속 창자까지 보여주던 물고기. 부엌 아궁이 짚불에 석쇠를 얹어놓고 구워도 먹고 찌개를 해서도 먹었다. 뱅어찌개를 끓일 때는 텃밭에서 금방 뽑아온 골파를 길죽길죽하게 썰어서 된장국과 함께 풀어 넣는 것이 제격이다. 아삭아삭 뼈까지 씹히던 뱅어와 함께 반숙으로 익은 골파의 몸통은 입 안에 봄의 향기를 한껏 풀어 넣지 않았던가.

햇빛으로 오고 바람으로 오고 끝내는 사람의 입맛으로 오는 봄. 뱅어야 이제는 사라지고 없어 이름으로만 남은 고기라지만 아직도 새봄에 새물 생선을 먹을 수 있음은 그래도 다행이다. 오는 일요일, 햇빛이 밝으면 아내더러 시장에 가자고 말해야지. 햇빛이 내어주는 길을 따라 생선전에서는 도다리나 조기 몇 마리를 사자고 하고 채소전에서는 골파도 사자고 말해야지.

골파, 봄의 채소로 냉이나 달래를 쳐주지만 나에게는 단연 골파가 봄의 채소다. 낭자머리파나물은 골파를 통째로 삶아 머리통 아랫부분에 줄기와 이파리를 칭칭 동여맨 모양이 쪽진 아낙의 머리 같다

157

해서 붙인 이름. 그것을 초꼬치장(초고추장)에 찍어 먹게 된다면 정녕코 초록빛 봄이 다시금 찾아왔음을 확인하게 되겠지.

시내버스에서 내려 한 마장을 걸어가는 출근길. 어제오늘 골목 어귀에서 산수유 꽃이 망울을 벌고 있었다. 화살촉처럼 가늘게 뻗은 가지 끝에 아주 조그만 꽃봉오리를 당알당알 매달고 있는 산수유. 빠글빠글 조그맣고 샛노란 울음소리를 하늘의 심장에다 뱉어놓고 있는 산수유. 녀석은 겨울의 고달픈 꿈을 서둘러 털어버리고 이렇게도 부지런히 새로운 봄의 꿈을 마련하고 있었던 게다.

그러하다. 묵은 꿈을 깨야만 새로운 꿈을 꿀 수 있는 일이 아니겠는가! 급하게 오줌이 마려운 사람처럼 나는 부르르 몸을 떨면서 아직은 잿빛 하늘을 올려다본다. 어디선가 또 아득한 소리로 산비둘기란 놈이 운다. 정녕코 봄이 되면 묵은 꿈을 떨치고 무엇인가 새로운 것에 미쳐볼 일이다. 봄은 역시 조용하고도 은밀하게 미쳐보는 계절이 아니던가 말이다.

풀꽃의 모양은 풀꽃에게 물어라

　풀꽃 그림을 그리면서 새롭게 생각한 것들이 많
다. '풀꽃의 모양은 풀꽃에게 물어라' 하는 것이다.
처음 풀꽃 그림을 그릴 때 사람들은 자기 마음대로
풀꽃 그림을 그리려고 한다. 그것은 나도 마찬가지
였다. 도대체가 잘 그려지지 않는다. 마음먹은 대로
연필이 움직여 주지 않는다. '하, 풀꽃 그림 그리기가
이렇게 어렵나', 그런 생각을 하게 된다.

　실은 이건 내 마음속에 풀꽃의 형태에 대한 한 개
념(형식, 틀, 일반화된 그 무엇, 형상)이 들어 있어서 그렇
다. 이를 부수는 과정이 필요하다. 그렇지 않고서는

풀꽃의 진짜 모습에 도달하기가 어렵다. 이미 내 마음속에 들어와 있는 풀꽃의 형상을 버려야 한다. 가능한 대로 송두리째 버려야 한다. 그러고 난 뒤 풀꽃한테 항복해야만 한다. 그래, 이제 나는 어쩔 수 없다. 어쩔래! 너 하고 싶은 대로 해봐. 두 손을 번쩍 들어야만 한다. 그러면 풀꽃의 형상이 조금씩 다가오기 시작한다. 풀꽃이 조금씩 도와주기 시작한다.

"아저씨, 나 좀 보세요. 나는 이렇게 생겼어요. 아저씨가 생각했던 그대로가 아니에요. 이렇게 따라와 보세요. 그러면 쉬울 거예요."

여기에서 비로소 '풀꽃 모양은 풀꽃에게 물어라' 하는 명제가 성립됨을 깨닫게 된다. 실상 풀꽃에겐 정형화된 그 무엇, 일반화된 형상, 개념이 있을 수 없다. 모든 풀꽃은 완전히 유일하고 별개인 개체로만 존재한다. 그 어떤 것도 같은 것은 없다. 다만 비슷한 것이 있을 뿐이다. 이런 데서도 우리는 생명에 대한 하나의 교훈을 만나게 된다.

연약하고 아름답게만 보이던 풀꽃의 모양이 예상 밖으로 억세고 매섭게 생겼다는 것을 알게 되는 것

오늘도 네가 있어 마음속 꽃밭이다

도 풀꽃 그림을 통해서다. 특히, 애기똥풀꽃이나 분꽃은 평소의 생각과는 달리 그 선의 흐름이 매우 까다롭고 매섭게 생겼다는 것을 알게도 된다.

풀꽃 그림을 그리면서 의외로 장미꽃이나 튤립과 같은 서양 꽃들을 그리기가 쉽지 않다는 것을 알게 된다. 그에 비해 우리의 토종 꽃들은 비교적 아기자기한 모습이 쉽게 다가옴을 알게 된다. 어쩌면 이것은 우리 몸 안에 들어 있는 DNA의 영향 탓이 아닌가 싶기도 하다. 부지불식간에 우리의 조상들이 풀꽃과 더불어 어울리며 살아온 그 많은 세월이 우리에게 자연스럽게 전이되어서 그런 게 아닌가 싶기도 하다.

봄은 착한 거예요

나와 풀꽃과의 관계를 밝히려면 꽤나 시계를 뒤로 돌려, 멀리 교직 생활의 한 시절로 돌아가야만 한다. 1990년대 중반. 나이로는 오십 대 초반. 당시 나는 충남 논산의 한 궁벽진 시골 초등학교 교감으로 근무하고 있었다. 살고 있던 공주의 집과도 제법 떨어진 학교였다.

본래는 충남교육연수원이란 곳에서 전문직(장학사)으로 5년 동안 근무했었는데, 아무래도 그 일이 나에게 맞지 않는 옷만 같아서 일선 학교를 찾아간 것이었다. 실은 교장으로 승진해서 나갔어야만 할 일이

오늘도 네가 있어 마음속 꽃밭이다

었다. 그러나 다시 교감으로 일선 학교에 복귀하게 된 것이었다. 그것이 나에게는 커다란 불만이었고 상실감과 굴욕감을 주었다. 일반적으로 보아도 그것은 좌천이나 다름없는 인사 조처였다.

오늘날 와서는 뭐 그런 것을 가지고 그랬을까 싶도록 우습게 여겨지는 대목이기도 하지만, 그 시절의 나로서는 어쩔 수 없었다. 견디기 힘든 날들이었다. 그것은 과거 지나온 나의 날들 가운데 가장 견디기 힘들고 어려웠던 삶의 고비들 가운데 하나였다.

그래서 나는 몇 가지 나름대로 생활의 원칙을 세웠다. 첫째, 지금까지 내가 살아온 것처럼 살지 않는다. 둘째, 신문이나 잡지에 산문을 쓰지 않는다. 셋째, 문학 모임이나 사회단체 행사 등에 나가지 않는다. 말하자면 직장 생활을 제외하고는 두문불출의 선언이었다. 삶의 형식을 단순화하기로 했다. 멀리 보던 눈길을 거두고 가까운 곳을 보기로 했다. 다른 사람들에 대한 관심을 나에 대한 관심으로 돌리고자 했다. 겉치레보다는 내실을 다지는 사람이기를 소망했다.

그렇게 1년쯤 보냈을까. 조금씩 눈가에 낀 핏발이 걷히기 시작했다. 마음속에 이글대던 불평과 불만, 나아가 오기와 증오의 거품이 사그라들기 시작했다. 천천히 마음의 평온이 찾아오고 있었다. 새로 찾아간 학교에도 정이 들고 아이들 이름이며 얼굴도 많이 낯이 익어졌다.

그러던 어느 봄날 오후였다. 점심을 먹고 교무실에 멍하니 앉아 있는데 열어놓은 유리창 사이로 운동장에서 뛰어놀면서 떠드는 아이들의 소리가 마치 바닷가의 파도 소리처럼 쏴아 하니 밀려들어 오고 있었다. 나도 모르게 그 어떤 자력에 끌린 듯 와이셔츠 바람인 채 운동장으로 나아갔다. 운동장 가득 쏟아진 노란 햇빛에 눈이 부셨다. 천천히 걸어서 아이들이 뛰어노는 운동장 속으로 들어갔다. 봄 햇살이 목덜미에 따습고도 부드러운 손을 얹어주었다.

나의 발길은 버릇처럼 운동장 동쪽에 있는 놀이동산으로 향했다. 그곳에는 여러 가지 동물상들이 있고 벤치가 있어 아이들뿐만 아니라 내가 자주 찾는 구역이기도 했다. 놀이동산으로 가려면 또 축구 골대 앞을 비껴 지나가도록 되어 있었다. 발길이 축구 골대 앞을 지날 때였다.

발밑에 무언가 보였다. 풀꽃이었다. 어라! 이건 민들레꽃이 아닌가! 민들레꽃은 민들레꽃인데 꽃의 꼬락서니가 말이 아니었다. 축구 하는 아이들의 발길에 밟히고 밟혀 민들레의 이파리는 거의 다 뜯겨나가고 아주 조그만 것 한 장만 남아 있었다. 무척이나 언밸런스하고 가여운 모습이었다. 그런데도 민들레는 아주 소담스러운 꽃 한 송이를 피워 올리고 있었다. 마치 그것은 주먹을 불끈 쥐고 있는 것처럼 보였다. 하늘을 향해 "제가 여기 있어요, 나 좀 봐주세요, 내가 아직도 살아 있어요"라고 외치는 사람 같았다.

아! 나의 입에서는 탄성이 저절로 나왔다. 그렇다. 저 민들레를 한 번 그려보는 거다. 나는 얼른 교무실로 돌아와 복사지 몇 장과 널따란 책받침 하나, 연필과 지우개를 준비해 운동장가 축구 골대 앞으로 갔다. 목에는 수건 한 장도 걸쳤다. 뭔가 나 자신이 그럴듯하다는 생각이 들었다.

민들레를 향해 쪼그리고 앉아 그 모습을 그리기

시작했다. 잘 그려지지 않았다. 무엇보다 꽃의 선을 찾기가 힘들었다. 선이 자꾸만 미끄러져 도망갔다. 그야말로 서툴고도 졸렬한 그림 그리기였다. 그림을 그리노라니, 민들레꽃이 나에게 이렇게 속삭이는 것 같았다. 그것은 핀잔이기도 했고 격려이기도 했다.

"아저씨, 뭘 그리 걱정하세요. 뭘 가지고 그렇게 속상해하세요. 나 좀 보세요. 이렇게 꽃을 피웠잖아요. 봄은 아름다운 거예요. 눈물겨운 거예요. 살아 있다는 건 참 좋은 거예요. 착한 거예요. 자, 이제 그만 일어나세요. 아저씨는 그래 시인이라면서 아직 그런 것도 모르세요?"

민들레를 그리다보니 민들레는 커다랗게 피워 올린 꽃송이 아래 막 피워 올리기 시작한 꽃송이 하나와 또 조그만 꽃송이 하나를 예비하고 있다는 걸 알수 있었다. 나는 그때 그 민들레 한 송이가 나에게 준 격려와 용기를 잊지 못한다.

자전거를 타면서

지난해 겨울은 유난히도 추웠다. 지구온난화 현상으로 이상난동이라느니, 겨울이 춥지 않아서 걱정이라느니, 그런 말들이 있어 왔지만 지난겨울은 그런 말들과는 전혀 거리가 멀었다. 어린 시절, 아침마다 마당에 나가 어머니나 할머니가 떠주시는 대야 물에 세수를 하고 방으로 들어올 때 쇠로 만든 문고리를 잡으면 '쩍' 하고 달라붙던 그런 추위는 아니었지만 어쨌든 대단히 매서운 추위였다. 그래서 겨울은 추워야 제맛이 난다고 조금은 배불러 지껄였던 소리조차 하지 못하고 넘긴 겨울이었다.

무엇보다도 자전거를 타지 못해서 불편했다. 우리 아파트가 있는 금학동과 일터인 공주문화원까지 거리는 4킬로미터쯤. 자전거를 타고 다니기에 맞춤한 거리다. 자동차가 다니는 길도 있지만 얼마 전부터는 공주 시내를 가로지르는 개울인 제민천에 하상도로가 생겨서 그 길을 따라 자전거를 타고 다니는 기분이 썩 좋았다. 그러나 날씨가 춥다보니 자전거 탈 엄두가 나지 않았다. 핸들을 잡은 손이 시린 것도 그렇지만 마주치는 바람이 마스크를 쓰고서도 감당이 되지 않았다. 도리 없이 택시를 타거나 다른 사람의 자동차 신세를 지면서 한겨울을 보냈다. 겨울이 불편한 것이 아니라 자전거를 타지 못하는 것이 불편했다. 얼른 겨울이 물러가고 자전거를 타게 됐으면 싶었다.

　지금 타고 있는 자전거는 2년 반 전에 산 것이다. 나 스스로 '초록색 자전거'라 이름 지어 부르는 삼천리표 자전거다. 6개월에 걸친 긴 병원 생활 끝에 어렵게 퇴원을 하고, 또 교직에서 정년을 하고 집에만 있게 되었을 때 문득 자전거 탈 생각을 했다. 식구들은 자전거 타고 다니는 일이 위험하다고 극구 만류했지만 나는 막무가내로 자전거를 구입했고 또 자전거 타기를 감행했다.

얼마 동안 타지 않았던 자전거인가? 70, 80년대만해도 자전거는 단거리 교통수단으로 애용되었다. 그런데 점차 오토바이나 스쿠터 같은 탈것에 밀려 자전거가 자취를 감추게 되었고, 스쿠터나 오토바이타는 사람들은 또 자동차 타는 사람들로 변신을 하였다. 이것도 하나의 진화라면 진화일 것이다. 그러나 나는 그 진화를 따라 하지 못했다. 그냥 자전거타는 사람으로 남게 되었다.

자전거를 타고 다니면서 여러 가지로 좋은 일들이 있었다. 우선 건강을 되찾을 수 있어서 좋았다. 오랜 병원 생활 동안 나의 팔다리는 근육질이 다 빠져나가 사람의 몰골이 아니었다. 그냥 맨몸으로 걷는데에도 힘이 부쳐 휘청거렸다. 처음 자전거를 탈 때는 조금쯤 위험한 느낌이 없지도 않았던 것이 사실이다. 그러나 정신을 바짝 차리고 자전거를 타보니그냥저냥 탈 만했다. 다리에 점점 힘이 생기고 살이

붙어 나중에는 건강할 때처럼 자전거를 탈 수 있게
되었다. 하루하루 자전거를 타는 일이 기뻤다. 그러
다보니 자전거를 타는 일이 더욱 신이 났다. 자전거
를 타고 다니면서 공주 시내를 안 가본 곳 없이 가볼
수 있어서 또 좋았다.

아무리 추운 겨울이라 해도 때가 되면 물러가게
되고 절기를 따라 변하게 된다. 그것이 자연의 법칙
이다. 최근 며칠 사이 몇 차례 비가 내리고 나더니
추운 기운이 한풀 꺾이고 바람이 매우 살가워졌다.
나무, 나뭇가지마다 보일 듯 말 듯 초록빛이 돌고 빈
땅에도 푸릇한 거웃들이 돋아나고 있다. 며칠 전에
는 계룡산 기슭을 거닐다가 개울가에 버들강아지
솜털이 더욱 화사한 은백색으로 보풀어 오른 것을
보았다. 외출했다가 돌아온 아내는 백목련 가지의
꽃망울이 강아지 젖꼭지만큼 커졌다는 말을 하기도
했다.

더 이상 미룰 일이 아니었다. 오늘 아침엔 자전거
를 타고 문화원에 출근했다. 아직 길바닥에서 풍기
는 느낌은 겨울의 때를 벗지 못해 우중충하고 조금

오늘도 네가 있어 마음속 꽃밭이다

은 구저분하기까지 하지만 마주치는 바람이 유순해서 좋았다. 장갑을 끼지 않았는데도 핸들을 잡은 손이 시리지 않았다. 어디선가 비릿한 봄의 향내마저 느껴지는 듯했다. 올해도 이렇게 봄이 우리들 가까이 다가와 숨을 쉬고 있구나, 그것만으로도 자전거를 타는 보람이 있었다.

자전거를 탈 수 있는 날씨가 되면 하려고 미루었던 일들이 많다. 조금은 욕심을 부려 바람과 햇빛이 내주는 길을 따라 멀리까지 가볼 것이다. 그래서 자꾸만 초록색 일변도로 기우는 산과 들을 만나볼 것이다. 가끔은 자전거에서 내려 준비해간 종이와 연필을 꺼내어 눈에 띄는 풀꽃이나 나무들을 그릴 일이고 산의 모습도 담을 일이다. 그러면서 오랫동안 헤어져 살아 그리운 몇 사람 이름을 입 속으로 외워볼 일이다. 이 얼마나 고독한 대로 화사한 인생의 한 때이겠는가.

오후에도 자전거를 타고 제민천 하상 도로를 지나왔다. 나의 눈길은 자연스럽게 유채꽃밭 옆 돌담에 가 멈춘다. 어슥어슥 쌓아놓은 돌 틈새기로 초록색 풀들이 나 있었다. 광대나물이었다. 작년만 해도 민들레와 제비꽃들이 많이 자라고 있던 자리다. 그런데 시청에서 공공근로를 하러 나온 사람들이 그걸 모두 쥐어뜯어 버려 올해는 민들레와 제비꽃이 전혀 눈에 띄지 않았다. 대신 그 자리를 광대나물이 차지하고 있다. 이제 봄이 되면 또다시 일당을 지급받은 사람들이 우루루 몰려와 무슨 경기라도 하듯이 저들을 쥐어뜯어 놓을 것이다.

왜 사람들은 이렇게 쓸데없는 일들에 몰두하는 것일까? 광대나물들아! 사람들이 와 쥐어뜯어 놓을 때까지만이라도 예쁘게 살아 있거라. 생명이란 그런 것이란다. 그렇게 위태롭고도 짧고도 허망한 것이란다.

차를 나누는 사이

차茶는 하나의 기호품이다. 기호품 가운데서도 기호 음료다. 주요 먹을거리가 아니므로 있어도 좋고 없어도 그만인 것으로 생각하기 쉽다. 하지만 우리 생활에서 차 없이는 무언가 허전하고 심심한 느낌이 든다. 이것도 하나의 허영일까? 아니다, 차야말로 문화 개념으로서 필요 불가결한 존재다.

차는 동서양을 사이로 서로 조금씩 다르다. 서양 사람들이 주로 마시는 차는 홍차이고 동양인이 주로 마시는 차는 녹차다. 이것은 차를 마시는 취향, 차를 만드는 과정이나 방법 차이로 인해 그랬을 것이다. 홍차든 녹차든 모두 차나무에서 얻은 이파리가 재료다. 그런데 홍차는 완전히 발효시켜 만드는 차이고 녹차는 전혀 발효시키지 않고 푸른 잎 그대로 찌거나 덖어서 만드는 차다. 홍차와 녹차 사이에 반발효차인 오룡차(우룽차)와 보이차(푸얼차)가 있다.

옛날 사람들은 시집가는 딸에게 혼수로 넣어주는 오방색 주머니에 여러 가지 곡식과 함께 차의 씨앗도 넣어주었다고 한다. 차나무는 뿌리가 직근直根이어서 함부로 옮기면 죽는다고 한다. 그래서 시집가는 딸에게 차나무를 닮아 그 집에서 뿌리내려 잘살라는 뜻으로 차나무 씨앗을 넣어주었을 것이다. 차나무는 또 특이하게도 그전 해에 열린 열매가 그다음 해 꽃이 필 때까지 맺혀 있는 실화상봉수實花相逢樹라서 이런 좋은 뜻을 상징 삼아 그리했을 것이란 짐작이 간다.

우리의 선조 가운데 차를 가장 사랑한 분으로는 아무래도 다산茶山 정약용 선생을 들어야 할 것이다. 오죽 차를 좋아했으면 당신의 아호까지 다산이라 했고, '차를 마시는 백성은 흥하고 술을 마시는 백성

오늘도 네가 있어 마음속 꽃밭이다

은 망한다[飲茶興 飲酒亡]'는 말씀까지 남겼겠는가. 선생이 전남 강진으로 유배 가 열여덟 해 동안 살다가 유배가 풀려 서울로 올라올 때 유배지에서 가르침을 받은 제자들 열여덟 명이 떠나는 스승을 잊지 않기 위하여 다신계茶信契를 조직해 매년 새로 수확한 차를 선생께 올려보냈다는 이야기는 너무나도 아름답고 향기로운 이야기다.

청년 교사 시절 모시고 있던 교장 선생님에게 들은 이야기를 나는 아직도 기억하고 있다. 그분은 지극히 평범한 교장 선생님이었는데, 어느 날 나더러 다음과 같은 충고의 말씀을 하셨다.

"나 선생, 사람이 누군가를 만났을 때는 그냥 헤어지면 안 돼요. 시간이 많을 때는 식사를 같이하는 것이 좋고 바쁘면 차라도 한잔 나눠야 해요. 그것도 안 되면 잠시 정담이라도 나누고 헤어져야 해요. 그것이 사람 살아가는 이치이고 또 나중까지도 좋은 인간관계를 유지하는 데 도움을 주는 것이랍니다."

처음 그 말씀은 나이 많은 분의 잔소리처럼 들렸다. 그러나 살아가면서 그것이 우리네 삶의 중요한 지혜 가운데 하나라는 것을 조금씩 알게 되었다.

차는 정갈한 대화의 자리를 마련해준다. 바쁘게 돌아가는 일상생활 가운데 한잔의 차를 사이에 두고 누군가와 마주하는 시간은 그 자체만으로도 삶의 여유가 되고 향기가 된다. 그리하여 차를 마시는 일은 단순히 물 한잔을 나누는 것과는 판이하다. 그것은 이런저런 이야기를 나누는 일이고, 감정을 주고받는 일이고, 또 서로의 마음을 열어보이는 일이 되기도 한다.

더 나아가 좋은 차가 생겼을 때 그 차를 나누어 가질 수 있는 친지가 있다는 것은 참으로 귀한 일이다. 이름하여 '차의 벗'이라고나 할까. 다행히 나에게는 그런 선배님이 한 분 계신다. 그분은 술도 잘 자시지만 차를 무척 좋아하여 좋은 차가 생기면 언제든 봉지를 갈라 나누어드리고 싶은 분이다. 그 선배님의 사모님 또한 차를 좋아하는 분이라 내가 전해준 차를 받고 기뻐하는 모습을 보면 차를 나누어드리기를 참 잘했구나 싶은 생각을 하게 된다.

실상 차는 아끼는 것이 아니다. 숨겨두거나 쌓아

두는 것도 아니다. 적절하게 나누어 마시고 적절하게 소비해야 한다. 가령, 가을철이나 겨울철에 좋은 차가 몇 봉 수중에 들어왔다 치자. 그걸 욕심 사납게 아껴서 혼자 끓여 마셨다 하자. 나의 경우이기는 하지만 봄이 되면 누군가로부터 또 새로운 차가 선물로 들어온다. 새로 나온 잎새를 따서 만든 신선한 차다. 이렇게 되면 전에 받은 차는 뒷전으로 밀리는 신세가 되어버리고 만다.

그러기에 차는 아끼는 것이 아니다. 누군가와 나누어야 한다. 마실 때도 누군가와 마주 앉아 나누어 마셔야 하고 봉지 차도 나누어야 좋다. 그것이 제격이다. 나에게 한 사람이라도 차를 나누어 가질 수 있는 이웃이 있다는 것은 잠시 나를 행복하고 따뜻한 마음이게 해주는 요인이 된다. 이런 점에서 차는 인생을 가르쳐주는 또 하나의 좋은 스승이라 할 것이다.

아파서 봄이다

　사람이 나이가 들면 들수록 겨울보다는 봄을 좋아한다는 말이 있다. 나 자신도 젊어 한 시절은 겨울이 좋았고 여름도 좋았다. 겨울은 역시 추워야 제격이고 여름은 더워야 한다고 허튼소리를 하기도 했을 것이다.

　하지만 지금은 아니다. 여름이나 겨울은 부담스러워 힘이 든다. 피하고 싶다. 그만큼 적응력과 체력이 떨어진 것이다. 돌이켜보면 젊은 시절 내가 가장 좋아했던 계절은 가을. 가을만 되면 쓰지 못했던 시들이 봇물 터지듯 쓰이곤 했으니까 말이다.

그렇게 좋아하던 가을이 언제부턴가 을씨년스러워 조금씩 싫어지더니 이제는 나도 봄을 가장 좋아하는 사람이 되었다. 봄은 차라리 기다림이다. 하나의 희망사항이고 꿈이고 애달픔이고 상상의 나라다.

해마다 까치발을 딛고 기다려보지만 봄은 쉽사리 오지를 않고 멀리서 머뭇거리기 마련이고 온다고 해도 잠시 왔다가는 이내 우리들 곁을 떠나가버린다. 그래서 봄은 또다시 허무다. 정말 우리에게 봄이 있었던가. 정말 봄 같은 봄을 우리는 살아보기나 했던가.

춘래불사춘春來不似春이란 말도 이러한 분위기에서 나와 지금도 봄이면 나이든 어른들 입에 오르내리곤 할 것이다. 언제든 봄은 거저 오지 않았다. 개인적으로도 사회적으로도 그랬다. 무언가 비싼 대가를 치르고야 봄은 왔다.

봄마다 대형 사건이 터지곤 했다. 그래서 봄이 가까워지면 슬그머니 겁이 나기도 했다. 올봄에는 무슨 일이 터지려나? 제발 커다란 사건 사고 없이 무사히 지나가주십사. 그렇게 비는 마음이기도 했을 것이다.

그야말로 봄은 양면성을 지니고 있다. 부드러움과 겸허와 자애로움이 있는가 하면 그 내면에 날카로운 칼날을 숨기고 있다. 겉으로는 웃고 있지만 속으로는 울고 있는 희극배우와 같다. 어떡하든 이 칼날을 피해야 한다. 그것이 또 하나의 현명이고 지혜다.

개인적으로 나는 봄만 되면 한 차례 크게 앓는다. 감기든 몸살이든 그렇게 앓는다. 그렇게 아픈 것을 나는 내 생일이 봄의 한가운데에 있어서라고 핑계를 대곤 한다. 일찍이 어머니 배 속에서 나올 때처럼 다시 한번 세상에 나가는 연습으로 그렇게 아프다고 말을 한다.

아닌 게 아니라 정말로 봄은 탄생의 계절이고 새로운 생명의 계절이다. 무엇이든 새롭게 태어나고 변하지 않는 것이 없다. 식물이든 동물이든 살아 있는 존재들은 봄에 새롭게 눈 뜨고 새롭게 시작하고 새로운 출발을 다짐한다.

그래서 정작 봄은 눈물겨운 계절이 아닐 수 없다. 아, 나도 이 봄에 살아 있구나. 살아서 숨 쉬고 밥을

오늘도 네가 있어 마음속 꽃밭이다

먹고 사람들을 만나 이야기하고 웃고 무슨 일인가를 하는 사람이구나. 이것은 또다시 봄의 자각이고 봄의 축복이다. 그러기에 봄은 우당탕 사건이 터지고 무언가 무서운 일이 일어나도 기어이 와야만 되는 것이다.

몸이 아프든 사건 사고가 터지든 한 차례 봄의 고비를 넘기고 나면 후유 한숨이 쉬어진다. 지나갈 것이 비로소 지나갔구나. 우리가 봄을 맞이하고 봄을 잘 떠나보냈으니 이제 올해도 한 해 무사히 넘어가겠구나. 그런 안도와 자신감이 생긴다.

언제든 그렇게 봄은 낭자하게 흩어진 꽃잎들과 함께 뒷모습이기 마련이다. 아직은 봄의 한복판이라 미세먼지다 꽃샘추위다 하지만 봄이 와서 나는 기쁘다. 그냥 기쁘다. 무엇보다도 아침마다 풀꽃문학관의 꽃밭에 돋아나는 꽃들의 새싹을 만나는 것이 기쁘다.

지난해 무심코 땅속에 묻어둔 꽃들이 하나같이 고개를 내밀고 세상 밖으로 나오고 있지 않은가! 이얼마나 눈부신 약속의 실천인가! 이렇게 꽃을 피우

는 꽃들도 나처럼 몸이 아프면서 꽃을 마련하고 있
지나 않았는지.

그러하다. 봄에는 꽃들도 아프고 나무도 아프고
풀들도 아프다. 모두가 아파서 봄이다. 아니, 봄이니
까 아프다. 아팠으니 올해도 우리는 한 해 살아갈 자
신을 얻었다. 자, 살아보자. 살아보는 거다. 또다시 뜨
거운 여름과 얼음 찬 겨울이 우리를 기다리고 있다.

꽃은 왜 피는가

봄이니까 꽃이 피는 거라고 말한다면 더는 할 말이 없는 노릇이다. 봄이니까, 다만 그 이유 하나만으로 습관적으로 꽃은 피어나는 것일까? 단연코 내 생각은 '아닙니다'다. 꽃들도 필연성을 지니고 피어나는 것이고 꼭 피어나고 싶어서 피어나는 것이다. 해마다 피어나는 꽃이 아니다. 올봄에 피어나는 꽃은 오직 올봄에만 피어나는 꽃이다. 작년에 핀 꽃이 돌아오는 것이 아니다. 일회성, 유일성, 순간성으로 피어나는 꽃이다. 그야말로 죽을 둥 살 둥 피어나는 꽃들이다.

꽃이 예쁘게 피어나기 위해서는 전제 조건이 있어야 한다. 생명의 위기라 할지 결핍이라 할지 그런 것들을 필요로 한다. 구체적으로 말한다면 겨울을 필요로 하고 얼마간의 추위도 필요로 한다. 그런 것을 통해서 아쉬운 점, 모자란 점이 있을 때 그 보상으로 꽃은 더 아름답게 피어나는 것이다. 따뜻한 겨울, 풍요로운 환경 속에서는 결코 꽃이 눈부시게 피어나지 못한다.

그러고 보면 올봄에 피어나는 눈부신 꽃들은 결핍과 생명의 위기에 대한 하나의 선물이라 할 만하다. 이런 관계 설정은 인간의 삶 속에서도 마땅히 적용되는바, 어떤 인간도 풍요와 안락 속에서는 향기로운 인생을 열지 못한다. 그의 인생이 더욱 빛나기 위해서는 넘어졌다가 다시 일어설 만큼의 적절한 충격과 시련이 필수적으로 따라야 한다. 결핍과 시련은 이렇게 식물에게든 인간에게든 하나의 축복으로 바뀌게 된다. 그것은 애당초부터 모순의 미학이다.

실은 올봄에 피어나는 꽃들이 이토록 유난히 아름답고 찬란하게 보이는 것은, 지난해 우리가 꽃을

　　　　　오늘도　네가　있어　마음속　꽃밭이다

전혀 보지 못하고 봄을 살았기 때문이 아닌가 싶기도 하다. 이것도 실은 결핍의 한 소산이다. 올해의 꽃이 유난히도 아름답게 보이는 건 나뿐만이 아니라 아내에게도 마찬가지다. 그녀 또한 나를 간호하느라 병원 생활을 길게 하여 봄을, 한 해의 봄을 고스란히 잃어버리고 말았다. 그래서 아내는 때로 이렇게 말하기도 한다.

"여보, 우리가 지난해 꽃을 보지 못했으니 올봄엔 꽃을 실컷 보라고 꽃들이 이렇게 예쁘게 피어나는가 봐요."

그러고 보면 올봄에 꽃을 피운 건 풀이나 나무들만이 아니라 우리 내외도 덩달아 꽃을 피운 것이 아닌가 싶은 생각이 들기도 한다.

하얀 종이로 맞고 싶은 새해

어느새 한 해가 훌쩍 지나갔다. 세월이 빠르다, 빠르다 하는데 정말 빠른 느낌이다. 걸어서 가는 세월이 아니라 점프해서 가는 세월이다.

흔히들 세월의 빠름을 나이와 비견해서 말한다. 이십 대는 시속 20킬로미터의 빠르기로, 삼십 대는 또 시속 30킬로미터의 빠르기로 세월이 간다는 식으로 말이다. 그렇다면 육십 대의 세월의 속도는 시속 60킬로미터일 것이다. 생각해보면 그런 것 같다. 교직에서 정년 퇴임을 하고 나서 맞은 두 번째 새해가 그만 저만큼 물러나고 세 번째 새해를 맞이하고

　　　　오늘도　네가　있어　마음속　꽃밭이다

있다.

그동안 나름대로 나에게 중요한 변화가 없었던 건 아니다. 처음 정년 퇴임을 앞두고서는 40년 넘게 머물러온 교직을 떠나면 어떻게 살까 걱정이 많았는데 교직을 떠나고 보니 전혀 그럴 필요가 없는 일이었다. 직장을 물러나고 보니 그런대로 좋은 것들이 많았다. 우선 하루의 시간을 내 나름대로 조절해서 써먹을 수 있어 좋았다. 직장 생활이란 일정한 시간의 틀에 매인 생활이다. 정해진 시간 직장에 나가야 하고 또 정해진 시간 안에는 직장에 머물러 있어야만 한다. 그런데 퇴임을 하고 나니 이러한 제약이 없어져서 좋았다. 왜 진즉 직장에서 물러나지 않았을까 싶은 생각이 들 정도였다.

그다음으로는 모든 일에 거리를 둘 수 있어서 좋았다. 실상 나는 지나칠 정도로 모든 일에 관심이 많은 사람이고 섬세한 사람이다. 무슨 일이든지 지나치게 밀착되어 있으면 그 실상을 알기가 어려운 법이다. 마땅히 적당한 거리가 필요한 일이다. 그건 자신의 문제든 타인의 문제든 사회의 문제든 마찬가지다. 나는 다시금 나에 대해서 차근히 들여다보는 사람이 되었다. 참으로 후회할 일들이 많았다. 나름 대로 그 당시엔 최선이라고 여겼던 일들도 돌이켜보면 부질없을 때가 많았고 후회되는 일들 또한 많았다. 그런 회한의 과정을 통해서 나는 조금쯤 나의 인생에 대해서도 여유를 갖는 사람이 되었다. 참 감사한 일이다.

개인적으로 우선 나는 할아버지로 승진을 하였다. 결혼한 딸아이가 아기를 낳은 것이다. 사람이 나이를 먹어 부모가 되는 일도 어려운 일이지만 조부모가 되는 일도 그다지 쉬운 일은 아니다. 그것은 혼자서 되는 일이 아니고 더불어 되는 일이기 때문이다. 이것도 하나의 인생의 커다란 축복이라면 축복이라 하겠다. 그다음으로 또 시아버지가 되었다. 아들아이가 결혼했다는 말이다. 그런데 공교롭게도 며늘아기로 들어오는 사람이 딸아이와 고등학교 동기 동창이 되는 사람이다. 그래서 딸아이와 며늘아기는 서로 '민애야, 수정아' 이름을 부르며 지낸다. 그런 모습을 보는 것도 인생의 한 즐거움이라면 즐거움

오늘도 네가 있어 마음속 꽃밭이다

이겠다.

나는 평생 초등학교 선생을 했고 또 글을 써온 사람이다. 양손에 문학이란 떡과 교육이란 떡을 쥐고 산 사람이다. 그런데 딸아이가 문학평론가가 되었으니 문학 쪽은 딸아이에게 물려준 셈이고, 며늘아기가 초등학교 교사이니 교육 쪽은 또 며늘아기에게 물려준 셈이다. 그래서 가끔 문학 이야기는 딸아이와 나누고 교육 이야기는 며늘아기와 나눈다. 이런 점에서도 나는 퍽 홀가분한 사람이고 매우 행복한 사람이다.

게다가 나는 몇 년 전부터 공주문화원장으로 일하고 있다. 재취업이 된 셈이다. 현직에 있으면서 정년 후에 내가 쓸 수 있는 사무실이 하나 있었으면 싶었는데 그 소망이 이루어진 것이요, 오랫동안 공주란 고장을 짝사랑해 왔는데 그 짝사랑을 확인하고 나름대로 사랑을 펼쳐보일 기회가 주어진 것이다. 아침에 자리에서 일어나면 느지막이 아침밥을 먹고 자전거를 타고 제민천 길을 따라 출근해서 공주의 여러 사람을 만나 이런저런 이야기를 나누기도 하

고, 문화 행사에 참석하기도 하고, 문화원에 관한 글
을 쓰기도 하다가 저녁 무렵이면 다시 자전거를 타
고 제민천을 거슬러 집으로 돌아온다. 이 얼마나 평
화롭고 감사한 생활인가!

새해가 되면 무슨 일이 있을까? 무슨 소망을 말해
야 할까? 실상 새해는 인간의 영역이 아니다. 그것
은 철저히 신의 영역이다. 다만 우리는 조심스럽게
그것을 받아 가슴에 안고 살기만 하면 된다. 그전에
는 이러겠다 저러겠다 시건방진 말들을 늘어놓기도
했다. 나아가 다른 사람들 사는 일에 대해서도, 사회
의 문제에 대해서도 이러쿵저러쿵 지껄인 적이 있
다. 그러나 그대로 된 일은 한 번도 없었고 또 그것
이 옳은 것도 아니었다. 이제 그저 빈 가슴으로 공손
히 새해를 맞아야겠다는 생각을 하게 된다.

가능하다면 백지가 더욱 좋겠다. 새하얀 종이 한
장, 그걸 신이 내게 주신 것이다. "옛다! 이걸 받아
라." "예, 고맙습니다." 나는 그걸 받기만 하면 된다.
이 종이에 어떤 그림을 그릴까? 두려워할 필요는 없
다. 조심스럽게 정성스럽게 여전히 서툰 솜씨로 그

림을 그리면 된다. 인생은 언제나 그런 것이다. 조금은 낯설고 조금은 눈부시고 조금은 가슴이 아리고 그런 것이다. 그러다가 세상을 떠나는 것이다. 아무리 최선을 다한다고 하지만 후회란 것은 또 조금씩 남게 되어 있다.

일상의 발견

날마다 우리가 살아가는 날들은 지루하고 따분하다. 그날이 그날인 것 같고 하나도 새로운 일이 없는 것처럼 느껴진다. 먼지만 자욱이 낀 날들이 반복된다고 생각하기 쉽다. 오늘 하지 못한 일은 내일 하면 되지, 미루는 버릇도 날마다 똑같은 날이 반복된다는 생각에서 비롯된 것이다. 옛날 어른들도 '쇠털같이 많은 날'이라 말씀했고 '솔잎같이 흔한 날'이라 말씀했다.

그러나 참말로 그런가. 다시 한번 생각할 필요가 있다. 과연 오늘은 어제와 같으며 내일은 또 오늘과

오늘도 네가 있어 마음속 꽃밭이다

같을 것인가? 아니다. 절대로 아니다, 오늘은 어디까지나 오직 하나만 있는 오늘이다. 다만 어제와 같다고 보는 데 문제가 있을 뿐이다. 이 세상의 것들은 그 무엇이든 똑같은 것은 하나도 없다. 오직 유일한 것들뿐이다. 시간이든 공간이든 물질, 사건이나 인간 모두가 그렇다.

마땅히 만물의 유일성에 눈을 크게 떠야 한다. 그래야 새로운 것들이 새롭게 보인다. 날마다 찾아오는 아침도 유일한 아침이다. 태양도 어제의 태양이 아니고 새소리 또한 어제의 새소리가 아니고 바람이나 하늘, 햇빛도 어제의 그것이 아니다.

모든 것들을 이 세상에서 처음 보는 것처럼 봐야 할 일이다. 모름지기 어린아이가 잠에서 깨어나 바라보는 세상처럼 봐야 한다. 그렇지 않고서는 우리에게 구원의 방법은 달리 없다. 사랑하는 일도 연습이나 학습이 필요한 것처럼 사물을 새롭게 보는 것도 연습이나 학습이 필요하다. 그렇게 하도록 노력해야만 된다는 이야기다.

삶에서 호기심은 중요하다. 호기심이야말로 새로

움의 세계로 이르는 도구이며 징검다리와 같다. 반복되는 일상 속에서 새로움을 보는 능력도 호기심 안에 숨어 있다. 그저 그런 따분한 일상에서 새로움을 보는 것도 하나의 발견이며 마음의 능력이다. 그러기 위해서는 우리 눈에 낀 먼지부터 씻어낼 필요가 있다.

얼마 전 계룡산 기슭에 작업실을 가진 어느 건축가의 집에서 열린 하우스콘서트에 참석한 일이 있다. 음악을 듣는 도중, 집주인이 동서에 대해 이야기를 해주었다. 그의 동서는 스위스 남자라고 했다. 스위스가 어떤 나라인가? 알프스산맥에 있는 세계적으로 아름다운 관광의 나라, 영세중립국이다. 그런데 그 남자는 한국의 자연에 반하고 한국의 여성에 반해서 한국인의 사위가 되었다는 것이다.

과연 한국의 어떤 자연에 반했는가? 놀랍게도 우리의 농촌 풍경, 가을날 벼가 누렇게 익은 논의 풍경에 반했다는 것이다. 벼들이 익어 누런 논 위로 쏟아지는 우리나라의 가을 햇살이 그를 매료시켰다는 것이다. 우리에게는 그저 흔해 빠지고 범상한 풍경이다. 그런데도 스위스 청년에게는 그것이 그렇게 감동적이고 아름답게 보였다는 것이다. 정말로 감동이란 이렇게 엉뚱한 곳에서 오고 작은 것에서 출발하는 것이다.

반성하는 마음이 들어 나는 지난 가으내 시골길을 지나면서 줄곧 볏논을 바라보았다. 그래서 그런지 정말 가을 논이 아름다웠다. 특히 오후 시간대 기울어져 가는 저녁 햇살이 빗금으로 떨어지는 가을 논은 더욱 아름답게 보였다. 그것은 가슴이 철렁할 정도로 처연하게 아름다웠다.

아, 이것이구나. 이것을 스위스 청년이 본 것이었구나. 그것은 얼마나 놀라운 발견인가? 우리 또한 우리 주변에 흔하고 흔한 것들, 반복되는 일들 가운데서 새로움을 발견해내는 지혜와 노력이 있어야하겠다. 일상의 발견이다. 그러기 위해서는 마음가짐부터 새롭게 해야 한다. 이러한 마음을 나는 '가난한 마음'이라고 부르고 싶다.

가난한 마음이란 결코 빈한貧寒한 마음이 아니다. 궁핍한 마음도 아니다. 그것은 작은 것, 오래된 것,

낡은 것, 초라한 것, 흔한 것, 값이 비싸지 않은 것들을 함부로 여기지 않고 소중히 여기는 마음이다. 주변에 널려 있는 사소한 것들을 사랑하는 마음이고 평범한 이웃을 사랑하고 아끼는 마음이다. 이러한 마음일 때 우리의 하루하루는 다시 태어난 듯 아름답고도 신선하게 우리를 맞아주지 않을까 싶다.

오늘도   네가   있어   마음속   꽃밭이다

몽당연필

나는 초등학교 선생이었다. 하는 일이 교장이었으므로 학교 안을 둘러보는 기회가 많았다. 그럴 때, 운동장이나 공터 구석에서 몽당연필을 많이 주웠다. 아이들이 버린 몽당연필들이다. 아니, 아이들한테 버림받은 몽당연필들이다. 나는 번번이 허리를 숙여 그 몽당연필들을 주워서 수돗물에 깨끗이 씻어 서랍에 보관하곤 했다.

우리가 어렸을 때는 참 학용품이 귀했다. 공책도 귀했고 연필도 귀했다. 지우개나 연필 깎는 칼 같은 것은 아예 있지도 않았다. 낫이나 부엌칼로 연필을 깎아서 썼다. 그런 경험이 있으므로 지금도 연필 한 자루는 나에게 대단한 물건이다. 몽당연필일망정 아직은 쓸모가 충분히 남아 있는 필기도구다. 이런 걸 '궁기窮氣'라고 할까?

글을 쓸 때면 나는 그 몽당연필을 칼로 깎고 엉덩이 부분을 다듬어 볼펜 깍지에 끼워 사용한다. 물론 성한 연필, 기다란 연필이 수두룩함에도 그렇게 해야만 마음이 편안해지고 글도 잘 써지는 이유를 나도 잘 모르겠다. 이런 나를 아내가 곱게 보아줄 까닭이 없다. 핀잔을 해대는 것이다.

"당신은 그게 무슨 궁상이유? 멀쩡한 연필 다 놓아두고 아이들 버린 연필들 주워다 그러는 것은 또 무슨 뒤스럭이람!"

생각해보면 아내나 나 자신이나 몽당연필과 하나도 다를 바 없는 사람들이다. 살아온 날이 많은 대신 앞으로 살날이 그렇고 건강 상태가 그렇고 생각하는 것이 그렇고 몸의 생김이 그렇고 얼굴 또한 그러하다. 그래도 아내는 나에게 아직은 쓸모가 많이 남아 있는 사람이다. 어느 날 갑자기 아내가 사라졌을 때, 내가 제대로 살아갈 수 있을까? 아내는 나에게 생활의 언덕이고 삶의 배경 그 자체인 사람이다. 나는 또 생각해본다. 아내가 나에게 아직은 쓸모 있는 사람, 필요한 사람이듯이 나도 아내한테 그렇게 보이면 얼마나 좋을까?

이래저래 우리는 이제 몽당연필이다. 두 개의 망가지고 닳아진 몽당연필이다. 이런 판국에 어찌 몽당연필 한 개가 소중하게 보이지 않겠는가.

아침 새소리

아침은 또다시 탄생의 순간이고 출발의 시간이다.
밤. 깜깜하고 편안한 밤. 밤의 안식에 싸여 잠들었던
모든 생명이 깨어난다. 큰 숨을 쉬고 기지개를 켠다.
골짜기의 나무들도 푸스스 몸을 떨며 잠에서 깨어
나고 풀잎 끝에 맺힌 이슬들도 눈을 뜬다. 모두가 햇
빛의 힘이다. 사라졌던 햇빛이 돌아오면 모든 세상
이 이렇게 바뀌는 것이다.

이런 아침 시간에 가장 신나는 녀석은 새들이다.
어디서 그렇게 많은 새가 살고 있었는지 모르겠지
만 많은 새가 나와 쨉쨉거리며 운다. 아침에 잠에서

오늘도 네가 있어 마음속 꽃밭이다

깨어 문을 열고 새소리를 듣는다는 건 또다시 축복이고 한 아름 신이 주시는 선물을 받는 시간이다. 아, 나도 잠에서 깨어났구나, 기지개를 켜는 시간이다.

사막의 도시 라스베이거스에서 처음 듣던 새소리를 잊지 못한다. 저녁에 도착해 하룻밤 호텔에서 잠을 자고 일어난 아침 창가에서였다. 짜아 하니 새소리가 들렸다. 어, 사막의 도시에 무슨 새소리! 호텔 창문을 열었을 때 후끈한 공기와 함께 일군의 새소리가 바닷물처럼 방 안으로 밀려 들어왔다. 물큰 비린 맛이 났다고나 할까! 목을 빼 밖을 내다보니 새들은 호텔의 정원 열대나무 숲에 매달려 울고 있었다. 아니다. 녀석들은 포르릉포르릉 나무와 나무 사이를 날아다니면서 울고 있었다. 마치 움직이는 과일 같았다.

요즘 내가 사는 금학동에도 새들이 운다. 아니, 아침에 새소리를 들을 수 있다. 여름 동안 듣지 못하던 소리다. 어쩌면 새들은 여름에도 여전히 울고 있었는데 소음들에 묻혀 사람들 귀에서 멀어졌다가 다시금 돌아온 것인지도 모르겠다. 그만큼 세상과 자

연이 고즈넉해진 탓일 것이다. 가을은 이렇게 또 새
소리까지도 우리에게 돌려주곤 한다.

　전날에 일정이 힘겨웠거나 자다가 일어나 글이라
도 몇 시간 쓰고 다시 잠든 날 아침이면 나는 잠자리
에서 쉽게 일어나지 못한다. 마냥 꿈지럭대다 햇빛
이 방 안까지 환하게 비쳐 들어와 더 이상 햇빛한테
미안해 눈을 감고 있을 수 없을 때쯤에야 일어난다.
이런 날은 영락없이 아침 새소리를 놓치고 마는 날
이다. 가능하면 날마다 새소리를 듣는 아침이었으면
좋겠다.

「풀꽃」시 1

「풀꽃」이란 시는 나에게 참 특별한 작품이다. 겨우 다섯 줄밖에 안 되는 짧은 시. 글자 수도 얼마 되지 않거니와 이걸 행을 줄이면 세 줄이 될 수도 있으니 참 단출하고 소박한 시라고 할 수가 있겠다. 그러나 독자들에게 끼치는 영향력은 상당한 것 같다.

인터넷 검색란에 '나태주'라고 내 이름을 치면 아예 '나태주' 다음에 '풀꽃'이란 말이 따라붙을 정도요, 블로그나 카페에 인용된 것을 보면 놀라울 정도다. 이제는 대놓고 나를 '풀꽃 시인'이라고 할 정도다. 내가 그동안 공들여 쓴 작품이 참 많은데 왜 이 작품에만 유독 이러는지 모르겠다. 조금은 섭섭하면서 다행이다 싶기도 하다.

내가 처음 이 작품을 쓴 것은 (기록을 찾아보면) 2002년 5월 9일의 일이다. 그 당시 나는 공주시의 상서초등학교 교장으로 일하고 있었는데, 목요일마다 오후에 특기 적성 교육 시간이 있었다.

그런데 어느 반에도 들어가지 못하는 아이들이 있었다. 그 아이들을 모아 교장실에서 내가 가르치기로 했다. 가르친다고 하기는 했지만 그건 실상 함께 시간을 보내는 일에 지나지 않았다. 나는 아이들에게 책을 나누어주고 읽게 하기도 하고 이야기를 해주기도 하고 글을 짓게도 했다. 그러나 아이들은 점점 그 모든 것에 싫증을 느끼며 지루해하는 눈치를 보였다.

어쩔까? 생각 끝에 나는 아이들을 데리고 밖으로 나가 학교 정원에서 풀꽃 그림을 그리게 했다. 풀꽃 그림 그리기는 내가 외로울 때나 시간의 여유가 있을 때나 또 시가 잘 안 써질 때 자주 시도하는 나만의 수련 방법이기도 하다. 우선 아이들에게 종이 한

장씩을 나누어주고 거기에 풀꽃을 그리라고 주문
했다.

학교 정원에는 마침 늦은 봄철을 맞아 여러 가지
풀꽃들이 많이 피어 있었다. 민들레, 제비꽃, 봄맞이,
밥보재, 큰골풀, 꽃마리, 씀바귀 등. 더러는 내가 이
름을 알지 못하는 풀꽃들도 있었다.

"얘들아, 여기 이렇게 예쁜 풀꽃들이 많지 않으
냐? 이런 풀꽃들 가운데 하나를 골라서 그려보자."

아이들은 성미가 급하다. 망설이지 않는다. 내 말
이 떨어지자마자 종이에 쓱쓱싹싹 그림을 그려 넣
는다.

그러나 아이들의 풀꽃은 매우 엉성하고 실제의
풀꽃과는 많이 닮지 않았다. 저희가 그동안 머릿속
에서 생각하고 있던 그 어떤 상념 같은 것을 표현해
놓은 것일 뿐이다. 그건 아이들만 그런 게 아니라 어
른들도 마찬가지. 사람들은 어떤 사물에 대해서도
고정관념이랄지 선입견이랄지 그런 걸 가지고 있는
데 일종의 사고의 틀, 개념 같은 것이다. 그러나 이것
은 실지와는 많이 다르다.

재빨리 그림 그리기를 끝낸 아이들이 내 주위로 모여든다. 그러면서 내가 풀꽃을 그리는 걸 보고는 묻는다.

"교장 선생님, 어떻게 하면 풀꽃을 잘 그릴 수 있어요?"

"그건 말이다, 우선 여러 개의 풀꽃 가운데 자기 맘에 드는 풀꽃 한 개를 찾아내는 것부터 시작해야 한단다. 그러고는 그 풀꽃을 자세히 보아야 하고 오랫동안 보아야 한단다. 그러면 풀꽃이 예쁘게 보이고 사랑스럽게 보이지."

얘기를 마치고 아이들을 바라본다. 뭔지는 잘 모르겠지만 열심히 내 이야기를 듣고 있는 아이들이 여간 귀엽고 예쁘고 사랑스러운 게 아니다. 나도 모르게 한마디 한다.

"그건 너희들도 그렇단다."

「풀꽃」 시 2

처음 「풀꽃」이란 시는 서울의 어느 시 잡지에 발표하고 2005년 발행된 시집 『쪼끔은 보랏빛으로 물들 때』(시학, 2005)란 시집에 수록되었다. 맨 처음 이 시를 좋게 봐준 사람은 이해인 수녀님이다. 이해인 수녀님은 자신의 글 속에 이 시를 인용하면서 좋은 시로 소개해주었다. 그다음 개인적으로 이 시를 좋다고 평가해준 사람은 문학평론가 김재홍 교수다.

그런 뒤 한동안 여러 사람에 의해 이야기되다가 이 시가 주목을 받은 것은, 교직 정년을 앞두고 제자들에게 선물하고 싶어서 그동안 쓴 시들 가운데서

학생들이 읽었으면 좋을 성싶은 작품들만 모아 거기에 짤막한 산문을 곁들여낸 『이야기가 있는 시집』이란 책의 출간 이후부터다.

이 책으로 해서 많은 독자가 「풀꽃」을 접하는 기회가 생기게 되었다. 그뿐더러 이 책으로 해서 여러 편의 시가 초·중등학교 국어과 교과서에 실리는 계기가 되었다. 이 책에 실린 시 가운데서 「풀꽃」이 초등학교 2학년 『읽기』 교과서에 수록되고, 이어서 『중학교 국어』 교과서에 역시 「풀꽃」과 「강물과 나는」이란 시가 수록되고, 또 『고등학교 국어』 교과서에 「촉」이란 시가 실리게 되었다.

나아가 「풀꽃」은 교과서 차원을 넘어 여러 군데에 불려 다니며 사랑받는 시가 되었다. 일찍이 부산시 당감 2동의 동비洞碑가 되었고, 얼마 전에는 영화 <세상에서 가장 아름다운 이별>에서 주인공의 수목장 묘비명으로 사용되었으며, 은행이나 마사회 플래카드로 활용되었고, 여러 지역의 학교 담이나 공원, 등산로에 등장하게 되었고, 2012년 봄에는 교보빌딩의 글판에 새겨지기도 했다. 이러한 「풀꽃」 시가 다시

오늘도 네가 있어 마음속 꽃밭이다

금 주목을 받게 된 것은 KBS2의 <학교 2013>이란 드라마에서 이종석 배우가 이 시를 낭송하면서부터다. 역시 대중 미디어의 영향력은 막강하다. 전혀 문학이나 시에 관심이 없는 사람들까지도 드라마에 나온 걸 봤다면서 이야기하는 걸 들었다.

이뿐만 아니라 「풀꽃」 시는 많은 서예가에 의해 작품으로 쓰이고 있으며 작곡가들에 의해 작곡되어 노래로 불린다. 통기타 가수인 김정식 씨, 성요한 신부, 부산의 박구부 씨 등이 「풀꽃」을 작곡해주신 분들인데 이분들은 제각기 색다른 감흥으로 「풀꽃」을 작곡하여 많은 사람으로 하여금 노래 부르게 하고 있다. 이래저래 「풀꽃」은 나에게 의미 깊고 특별한 작품이다. 영광을 주었다면 그렇고 고마운 작품이라면 또 그러한 작품이겠다.

그러면 여기서 왜 「풀꽃」이 그토록 사람들에게 어필하게 되었는지에 대해 조금은 얘기할 필요가 있겠다. 무엇이 이 시를 사람들로 하여금 읽게 했을까? 그것은 이 시가 특별히 아름답거나 특출해서가 아니라 시대적 상황과 맞아떨어져서 그렇다고 본다.

그동안 우리는 무엇이든 빨리빨리만 하면 제일인 줄 알고 살아왔다. 속도 지향, 성과 제일주의로 살아왔다. 그러면서 큰 것, 겉으로 보아 화려한 것만 선호하면서 살아왔다. 그런 삶의 태도가 이제는 더 나아갈 길이 없이 절벽에 도달하게 되었다.

그러므로 이제는 소소한 것, 보잘것없지만 아름다운 것들에 눈과 귀가 쏠린 것이다. 외형적인 것도 좋지만 내면에 주의를 기울이게 된 것이고 오래된 것에 관심이 생긴 것이다. '빨리빨리'에서 '천천히'로 조금씩 모드가 바뀌게 된 것이다.

정작 우리 삶에서 중요한 것은 속도가 아니고 방향성이다. 방향이 잘못 설정되고 속도가 있을 때 어떻게 될까? 속도가 높으면 높을수록 빨리 망하는 수밖에 없다. 잘못된 방향과 빠른 속도는 망하는 지름길 외엔 아무것도 아니다. 우선 방향 설정만 올바르게 한다면 빨리 가고 느리게 가고는 별문제가 아니다.

뚜벅뚜벅 소걸음이라도 좋겠다. 느리게 가고 더듬거리며 가도 방향만 제대로 되었다면 끝내 우리는 우리가 바라는 우리의 모습을 만나게 될 것이다. 언제일지는 모르지만 우리가 가는 길 끄트머리에서 우리가 꿈꾸었던 자신이 웃으면서 마중해줄 것이다.

그동안 우리는 너무나 대충대충 주마간산走馬看山으로 세상을 보았다. 사람을 그렇게 보았고 사물과 자연을 그렇게 보았다. 그러다보니 놓친 것들이 많았다. 이제는 정신 좀 차리고 자세히 보자는 것이다. 천천히 보자는 것이다. 오래 보자는 것이다. 마음을 갖고 보자는 것이다. 이러할 때 새로운 세상이 열린다는 얘기다. 아니다, 지금껏 우리가 놓쳤던 본질이 거기에 있다는 얘기다.

그뿐만 아니라 우리는 그동안 지나치게 자기 자신만 생각하면서 살아왔다. 오로지 나 중심으로만 살아왔다. 어찌 '너' 없이 '내'가 있을 수 있을까? 어리석은 일이다. 내가 있으려면 먼저 네가 있어야 한다. 어찌 그걸 몰랐을까? 말과 지식으로는 충분히 알았으면서 가슴으로는 몰랐다. 그것이 더 큰 문제다.

이걸 바꿔보자는 것이 바로 "너도 그렇다"다. '너도 자세히 보면 예쁘고 오래 보면 사랑스럽다'라는 것이다. 시소나 널뛰기에서도 내가 올라가려면 네가 내려가주어야 하고 네가 올라가려면 내가 내려가주어야 한다. 그것이 세상의 법칙이다. 그것이 아름답고 진실한 사람들이 사는 방법이다.

「풀꽃」 시에서 가장 폭발력이 강하고 임팩트가 있는 부분은 아무래도 '너도 그렇다'이다. 이 부분은 인간이 고칠 수 없는 부분이다. 어쩔 수 없는 부분이며 대체 불가능한 부분이다. 그야말로 하늘이 내려준 문장이다. 신이 선물한 문장이다. 이런 문장을 나는 '금잔옥대金盞玉臺'에서 금잔 부분이라는 말로 설명하기도 한다.

'자세히 보고 오래 보아야 예쁘고 사랑스러운 것'은 '풀꽃'만 그런 것이 아니다. '너도 그렇다' 하고 말할 때 의미의 외연은 무한대로 확대된다. 그래서 이 시가 비록 조그만 외양을 지녔지만 사람들이 좋아하고 많이 찾고 오래도록 입술에 오르내리는 시가 되지 않았나, 생각해보기도 한다.

우리, 함께
멀리 갑시다

4

귀한 사랑

   사랑에 대해서 말할 때 사람들은 고상한 정신적 가치들과 연결해 설명하고 싶어 한다. 희생이라든가 봉사, 선행이라든가 연민과 같은 덕목들이 그것들이 겠다. 그러나 사랑은 우리네 삶과 가까운 것이고 흔한 것이고 낮은 것이고 친근한 것이고 큰 것이 아니라 지극히 사소한 것이다. 다만 사랑은 우리에게 필요한 것이다. 그야말로 사랑은 공기와 같은 것이고 밥과 같은 것이다. 생수와 같은 것이다. 그래서 사랑은 우리 마음의 옷이 되어주기도 하고 집이 되어주기도 한다.

흔히, 사람들은 사랑은 주는 것이라고 말한다. 허나, 이 대목에서도 내 생각은 다르다. 사랑은 어디까지나 받는 것이 기본이다. 어찌 주는 사랑이 행복할 수 있고 만족할 수 있겠는가. 인간은 무엇인가를 받을 때 기쁘고 행복해진다. 이는 마치 물동이에 물을 채워야만 넘치는 이치와 같다. 채운 물도 없이 넘치는 물동이는 없는 것이다.

인간뿐이 아니다. 모든 생명체는 동물이나 식물에 이르기까지 다른 생명체에게 사랑받기를 소망한다. 사랑받기를 원하지 않는 생명체는 이 세상 어디에도 없다. 그러므로 우리는 다른 생명체를 사랑해야 한다. 쉴 새 없이 끊임없이 사랑해야 한다. 아낌없이 사랑을 주어야 한다. 사랑을 받아본 사람만이 사랑을 줄 수 있다는 사랑의 등식이 이쯤에서 열리게 된다. 어디까지나 사랑은 일방통행이 아니다. 그것은 대화요, 시소게임이요, 어울림이다.

사랑 가운데서도 가장 귀한 사랑은 어린 시절 가족들에게 받는 사랑이다. 동네 아이들한테 따돌림당하고 울먹이며 집으로 돌아왔을 때, 땅거미 지는 마당가에서 연기 냄새 나는 부엌에서 행주치마에 물 묻은 손을 닦으며 맞아주시던 외할머니의 손길보다 더 포근하고 부드러운 사랑이 어디 있으랴. 나에게 사랑은 외할머니 행주치마에서 묻어나던 비린내보다 결코 더한 것이 아니다. 다 자란 뒤에도 외할머니는 나더러 '아이기'라고 불러주셨다. 가을날 어쩌다 찾아가면 어김없이 홍시를 마련해두었다 꺼내주시곤 했다.

다시 한번 사랑은 오로지 받는 것이다. 아니다, 무조건 주는 것이다. 하지만 나는 나의 어린것들에게 외할머니가 나에게 그랬던 것처럼 그러지를 못했다. 외할머니한테 배운 대로보다는 아버지가 보여준 대로 흉내를 내다 그렇게 되었다. 그것이 오늘에 이르러 나를 한없이 부끄럽고 후회스럽게 만들어준다.

살아줘서 고맙습니다

최근 아는 사람들을 만나면 어김없이 나에게 들려주는 인사말이 있다.

"살아줘서 고맙습니다."

전혀 의외의 인사말이다. 인사말을 들을 때마다 나는 내심 놀라곤 한다. 내가 병이 나서 주위 사람들에게 걱정을 끼쳤고 신세를 졌고 염려하는 마음을 줬으니 이쪽에서 고맙고 미안하다고 해야 할 일인데 거꾸로 된 인사가 되고 만다.

마치 나를 만나면 그렇게 하기로 약속이라도 한 듯 사람들의 인사말은 일사불란하다. 남녀노소를 가

오늘도 네가 있어 마음속 꽃밭이다

리지 않고 지역의 원근遠近을 가리지 않는다. 나를 알고 있는 사람이라면 어김없이 그렇게 한다. 팔순을 넘기신 부모님을 비롯하여 형제자매들, 가족이나 친지들은 물론이고 같은 아파트 주민들, 교회 식구들, 과거 같은 학교에서 근무했던 동료들, 문인들, 심지어는 아주 오래전에 내가 담임했던 아이의 학부형들이나 알음알음 내 이름을 기억하고 있는 사람들까지도 두 손을 모아 인사를 건넨다.

내가 왜 죽지 않고 살아 있는 것이 고마운 일이겠는가? 그만큼 그들이 나를 생각해주고 사랑해주었다는 한 증거가 될 것이다. 그들 마음속에 내가 밉지 않은 사람으로 자리 잡아서 그러했을 것이다. 아직은 그들에게 내가 필요한 사람이었다면 더더욱 그러했을 것이다. 참으로 고맙고 감사한 일이다.

그런 인사말을 전해 들을 때 나는 박하사탕을 입에 문 듯 가슴이 환해지기도 하고 양파를 씹은 듯 알싸해지기도 한다. 살아 있음이 이렇게 좋은 것이었구나. 새삼스러운 깨달음에 이르기도 한다. 살아 있음의 감사. 이보다 더 크고 좋은 감사가 어디 있겠는

가. 윤효 같은 시인은 나처럼 해피엔딩으로만 끝날 수 있다면 한번 그렇게 드라마틱하게 앓아보는 것도 좋을 거라는 말을 농담조로 들려주기도 한다.

어떤 문학 모임, 상을 주고받는 자리에서였다. 모두 상을 받는 사람에게 축하의 말을 건네고 부럽다는 말을 했다. 좌중의 한 사람이 나에게 말을 했다.

"나 선생! 나 선생은 다른 사람들 상 받는 걸 부러워해서는 안 됩니다. 올해 가장 좋은 상을 받지 않았습니까? 생명대상!"

그렇다, 생명대상보다 더 좋은 상이 어디 있겠는가.

언제까지 사람들이 나를 만나면 그렇게 인사를 해줄지 모른다. '살아줘서 고맙습니다.' 이건 한동안 내 삶의 등대다. 나에게 살아갈 힘을 줄 것이고 나의 앞길을 안내해줄 것이다.

나는 글 쓰는 한 사람으로서 언어의 숨은 힘을 실감하곤 한다. 얼마 전에 서울의 윤효 시인이 퇴원을 축하하는 시 한 편을 보내준 일이 있기에 아래에 옮겨 적어본다.

당신 앓아누우신 봄날엔 몰랐어요.

제 빛깔에 취해 있었어요.

제 향기에 취해 있었어요.

봄날 다 가고 여름 다 가고 바야흐로 가을인데

당신이 죽는다는 거예요.

살 수 없다는 거예요.

캄캄했어요.

당신이 다 받아주었잖아요.

담쑥담쑥 다 안아주었잖아요.

눈앞이 캄캄했어요.

당신, 죽는 줄 알았어요.

당신, 살아줘서 고마워요.

당신, 가을이 오기 전에 살아줘서 고마워요.

– 윤효, 「생환生還 – 나무의 입을 빌려 나태주 시인께」

오랜만에 정답게

사람이 사람을 두고 하는 말 가운데 친구란 말은 참 정답고 따뜻하다. 친구, 오랫동안 정답게 사귀어 온 벗을 두고 하는 말이다. 여기서 관건은 '오래'란 시간과 '정답게'란 전제 조건의 충족이다. 결코 쉬운 일이 아니다. 오늘날같이 쉽게 변하고 물질을 따라 마음이 흐르는 판에 정말로 쉬운 일이 아니다. 친구란 말과 이웃하는 말로 벗, 동무, 지음知音, 반려伴侶란 말도 있다.

벗은 순수한 우리나라 말이다. '마음이 서로 통하여 친하게 사귀어온 사람'이란 뜻이다. 여기서도 '마음이 서로서로 통한다'라는 것과 '친하게 사귄다'라는 전제 조건이 충족되어야 한다. 벗, 벗이라고 소리 내면 입술이 정다워지는 것 같다. 나이가 젊어지는 것 같은 느낌도 든다. 참 부드러운 우리말이라 하겠다. 동무란 말은 순수한 말인데 앞의 두 말보다 뜻이 조금 넓다. 첫째는 '늘 친하게 어울리는 사람'이란 뜻이다. 이는 친구란 말과 벗이란 말과 같은 의미다. 둘째는 '어떤 일을 하는 짝이 되거나 함께 일하는 사람'이란 뜻이다. 길동무, 말동무라고 할 때 쓰이는 말인데 8·15 광복 이후 북한 사람들이 사상적인 의미로 애용하는 바람에 남한에서는 한동안 금기 되었던 단어다. 참 좋은 말인데 아깝게 되었다.

지음이란 말은 조금은 정신적이고 예술적 냄새가 풍기는 말이다. 본래 이 말은 중국의 고사(여씨춘추 본미편本味篇, 『열자』 탕문편湯問篇)에서 유래된 말인데 아는 사람은 알겠지만 내용은 이러하다. 거문고를 잘 타는 유백아俞白牙란 명인이 있었고 그의 거문고 소리를 좋아하고 또 그 소리의 진가를 잘 평가해주는 종자기鐘子期란 친구가 있었다 한다. 둘은 거문고를 사이에 두고 친하게 지냈는데 그만 종자기가 먼저 세상을 뜨자, 백아가 "내 거문고 소리를 알아주는 벗이 없는데 거문고를 타서 무엇하느냐" 하는 말과 함께 자기의 거문고 줄을 끊어버리고 다시는 거문고를 타지 않았다고 한다. (여기서 또 단현斷絃이란 말이 유래되었다. 아내의 죽음을 빗대어 이르는 말이다.) 참으로 아름답고 아프고 단호하게 서슬 푸른 이야기다. 그 사람에 그 친구가 아닐 수 없다. 여기서 지음이란 말이 나왔다.

그 후 이 지음이란 말이 글자 뜻과는 달리 자기 속마음을 잘 알아주는 친구란 뜻으로 사용되고 있다. 시를 쓸 때도 지음이라 하면 마음을 알아주는 친구란 뜻으로 쓰이고 있다. 신라 최치원崔致遠의 「추야우중秋夜雨中」이란 시에 '세로소지음世路少知音' 즉, 세상에는 마음에 맞는 친구가 적다란 구절이 나오고, 역시 고려의 이자현李資玄이란 사람의 「낙도음樂道吟」이란 시에는 '지시소지음祇是少知音' 즉, 이 소리 아는 사람 몇이나 되랴란 구절이 나온다.

그다음으로 반려란 말은 '짝이 되는 동무'라든가

오늘도 네가 있어 마음속 꽃밭이다

'생각이나 행동을 같이하는 사람'을 말한다. 상당히 가정적 분위기가 있는 말이라서 부부 관계를 지칭하기도 하는 말이다. 여기에 동려同侶란 말이 함께 쓰이기도 한다. 어쨌든 친구, 벗, 동무, 지음, 반려 다같이 아름답고 좋은 뜻의 말이다, 따뜻한 말이다. 간혹 사람들이 즐겨 쓰는 도반道伴이란 말은 국어대사전에도 나오지 않는 것으로 보아 일부 계층 사람들이 특정적으로 사용하는 말이겠지 싶다. 이 말 역시 따뜻하고 믿음직스러운 말이다.

이런저런 말들이 있음에도 불구하고 나는 올드맨이란 말을 특히 좋아한다. 말의 뜻대로라면 늙은 사람, 노인이 되겠지만 오래 사귀어온 사람, 변함없는 이웃을 가리키는 말이다. 오랜 세월 마음에 두고 사귄 사람인데 오늘에 이르러 변함이 없다면 내일도 변함이 없을 것은 자명한 일이다. 이런 사람이 한두 사람이라도 있다는 건 얼마나 좋은 일이겠는가. 나는 나름대로 몇몇의 올드맨이 있다. 그것을 나는 기쁘게 생각한다. 자랑으로 여긴다. 부디 그들에게도 내가 한 사람의 올드맨으로 자리 잡기를 희망한다.

눈물 나도록 부러운 일

언제부턴가 어른들은 젊은 아이들이 버릇 없고 못됐다는 말을 하기를 좋아한다. 그래서 미래가 어둡다는 얘기도 자주 오가고 있다. 그런데 반대로 젊은이들에게 물어보면 존경할 만한 어른, 본받을 만한 선배가 없노라 불평하는 말을 자주 듣는다. 아닌 게 아니라 예전엔 마을이나 직장, 단체나 지역사회에 존경하고 본받을 만한 어른들이 많았던 것 같다. 그래, 저분이야. 저 어른이 그렇게 말하면 그렇게 해야 하는 거야. 그렇게 믿고 따랐던 분들이 많았다. 요즘 이렇게 젊은이들 쪽에서나 어른들 쪽에서나 서

오늘도 네가 있어 마음속 꽃밭이다

로가 서로를 믿지 못하고 인정하지 못하고 가망 없어 하는 것은 참 불행한 현상이다. 그건 한 가정의 부모와 자식을 두고 볼 때도 그러하다.

내가 오랫동안 알고 지내는 후배 시인 가운데 K가 있다. 그는 대학교에 다니던 시절 잠시 고향을 떠난 것을 제외하고는 줄곧 고향을 지키고 살면서 고향의 중등학교 선생을 하다가 최근 자신이 근무해오던 중학교 교장이 되었으며, 자녀들도 자신이 다니는 학교에 다니게 한 다음 서울의 일류 대학에 진학시킨 입지전적인 인물이다. 그는 몇 년 전 모친을 여의고 현재는 홀로 되신 부친을 모시고 사는데, 그 부친이 연세가 높아 아흔을 넘기신 것으로 알고 있다. 만나는 기회에 부친에 대해 안녕하신가 물으면 그는 자기 부친에 대해 아주 자랑스럽고 만족스럽게 말하는 것을 여러 차례 들은 적이 있다. 그러한 반응은 그뿐만 아니라 그의 부인 쪽에서도 마찬가지였다.

K 시인의 말에 의하면 자기 아버지는 참으로 세상의 법이 없어도 사실 분이고 하늘이 내리신 것처럼 선하신 어른이라고 그런다. 한 번도 집안에서 화를

내거나 짜증을 부리는 일, 얼굴 붉히며 말씀하시는 걸 본 적이 없노라 그런다. 언제나 자식들을 배려하는 마음으로 행동하시고 집안에 도움이 되는 일을 생각하면서 사신다 그런다. 그러다 보니 아들딸뿐만 아니라 손자 손녀들까지 할아버지를 좋아하고 가까이 따른다고 한다. 나아가 그 어른은 동네의 젊은 이웃들과도 특별하고 돈독한 관계로 사신다 그런다. 마을의 젊은이들이 모두 그 어른을 따르고 존경하고 좋아하지만 그 가운데 한 젊은이가 특히 이 어른을 모시고 다니며 때맞춰 이발도 시켜드리고 이것저것 시중도 들어드리는데 K시인의 부친께서는 이 젊은이를 또 다른 자식처럼 여기고 해마다 채소 농사를 따로 지어 젊은이에게 가져다주신다 그런다. 하기는 세상의 일이란 일방통행이 없게 되어 있다. 손뼉도 둘이 마주쳐야 소리가 나듯이 한쪽만 잘한다거나 노력해서 좋아지는 일은 어디에도 없는 것이다.

실제로 나도 이분의 인품에 대해 멀찍이 뵈온 일이 있다. 한번은 K 시인이 대전에서 주는 어떤 큰상을 받는 날이었다. 축하해주기 위해 가족들이 모두 모였었다. K 시인의 부모님도 참석한 자리였는데 수상식이 끝나고 점심 먹는 자리가 마련되었다. 나도 축하객 입장으로 그 자리에 끼어 식사를 하게 되었다. 식사가 어느 정도 끝날 때쯤이었다. K 시인의 막내아들이 음식을 남기며 수저를 내려놓았다. 그때 K 시인의 부친, 그러니까 K 시인 아들의 할아버지께서 하시는 말씀이 의외였다.

"왜 밥맛 없으셔? 그러지 말고 더 드셔."

이건 할아버지가 손자 아이에게 하는 어법이 아니다. 친구 사이에 하는 말이고 그것도 점잖게 상대방을 높여서 하는 말씨다. 나는 의아한 눈길로 두 사람을 보았을 것이다. K 시인의 아들아이가 할아버지의 말을 받았다.

"밥맛이 없어요. 그만 먹을래요."

그 말씨 또한 공손하고 부드러웠다. 나는 처음 K 시인 부친이 농담으로 그러시는 줄 알았다. 그러나 할아버지와 손자 사이에 오가는 대화의 분위기로 보아 그건 농담조가 아니고 평소에도 늘 그렇게 대화한다는 것을 짐작할 수 있었다.

K 시인이 전하는 말로는 자기의 부친이 평생을 살면서 후회되거나 잘못했다거나 부끄러운 일이 별로 없는데, 딱 한 가지 참 부끄럽고 후회되는 일이라고 말씀하시는 사건이 있다고 한다. 그것은 사람에 관한 일이 아니고 짐승에 대한 일이라 한다. 짐승 가운데서도 소에 관한 것이라 한다.

K 시인이 어려서 학교에 다닐 때 K 시인 집에서는 커다란 어미 소 한 마리를 기르고 있었다 한다. 그런데 K 시인 형제들 학비를 대기 위해서 그 소를 팔아야만 했다. 소장수가 와서 외양간에서 소를 끌고 갈 때 정성껏 기르던 소라서 마음이 아렸지만 그래도 자식들 학비 때문에 어쩔 수 없는 일이거니 체념할 수밖에 없으셨다 한다. 그런데 일은 그다음 날 일어났다. 소장수에게 팔려간 소가 주둥이로 사립문을 밀치고 마당으로 들어와 외양간으로 들어가더라는 것이었다. 물론 조금 뒤에 소장수가 들이닥쳤을 것은 뻔한 일. 소장수의 손에 의해 소는 다시금 외양간에서 끌려 나왔다. 그때 끌려가는 소가 뒤를 돌아보

앗다. 커다란 두 눈에 가득 눈물을 머금고 뒤를 바라보는데, 그 눈을 그만 K 시인의 부친이 보셨다. 그러니까 짐승의 눈과 사람의 눈이 마주쳤던 것이다.

"그때 내가 참 잘못했어. 그렇게 집으로 돌아온 소를 소장수에게 넘겨주지 말았어야 하는 일이었어. 그때 소를 다시 찾았어야 하는 건데……."

한숨을 쉬면서 K 시인의 부친은 그 일을 못 잊어 하며 오랜 세월 되풀이해서 말씀하셨다는 것이다.

나는 다른 건 K 시인이 그다지 많이 부럽지 않지만 이 한 가지, 자기 아버지를 세상에서 가장 존경하는 사람으로 모시고 살면서 가장 좋으신 분이라고 확신하는 이 한 가지만은 눈물 나도록 부러운 생각이 든다.

어머니가 첫 번째로 사주신 시집

무엇이든 첫 번째 일은 서툴기 마련이고 낯설기 마련이다. 첫사랑, 첫 직장, 첫 만남, 첫 이별. 어떤 것이든 첫 번째는 늘 어색할 수밖에 없다. 마치 내 것이 아닌 것이 내게로 잘못 찾아온 것인 양 방향성이 없게 마련이다. 그러나 모든 첫 번째 것들은 마음속에 강력한 기억을 남긴다. 그리하여 오래오래 잊히지 않는 그 무엇이 되고야 만다. 그것을 우리는 추억이라고도 말하고 상처라고도 말하겠지 싶다.

시집도 그렇다. 모든 시인에게 첫 번째 시집은 아주 중요한 의미를 지닌다. 그것은 첫 번째 낳은 아기와 같다. 그 아기가 잘생기고 건강하게 자라주어야만 한다. 그래야만 다음에 나오는 시집도 잘 나올 수 있고 그 시인의 장래 시작 생활도 보장받게 된다.

나의 첫 번째 시집은 『대숲 아래서』다. 이 시집은 1973년에 나온 시집인데, 1971년 <서울신문> 신춘문예에 당선된 시의 이름에서 가져온 시집이다. 실상 그렇게 빨리 시집을 낼 줄은 몰랐다. 신춘문예 시상식이 있고 나서 얼마 뒤, 원효로에 살고 계시던 신춘문예 선자인 박목월 선생을 찾아뵈었다. 선생께서 여러 가지 말씀을 주시면서 "앞으로 시집도 내고……." 그런 요지의 말씀을 하실 때도 겉으로는 "네, 네." 고분고분 대답은 드렸지만 속으로는 '저 같은 촌놈이 무슨 시집을 내겠습니까?' 그런 생각을 했었다.

등단하고 나서 열심히 써 제법 많은 시가 모였고 그러다보니 시집을 내보고 싶다는 욕심이 저절로 생겼다. 일단 원고를 박목월 선생께 보여드렸다. 선생께선 당시 한국시인협회 회장직을 맡고 계셨는데, 한국시인협회에서 '어느 고마운 분'의 호의로 발간

하고 있던 시집 시리즈에 나의 시집을 끼워달라는 뜻으로 알고 "나 군, 그 계획은 이미 끝났는데……." 라고 말씀하셨다. 그 시집 시리즈는 주로 등단한 지 10년이 넘도록 개인 시집을 갖지 못한 시인들 대상이라 별로 기대를 하지도 않았기에 실망하지 않고 자비출판 쪽으로 마음을 정했다.

그런데 등단한 지 얼마 되지도 않았을뿐더러 바깥출입도 시원찮은 시골 출신이라 통하는 출판사가 없었다. 다행히 신춘문예 선자 가운데 또 한 분이신 박남수 선생께서 <현대시학> 주간 전봉건 선생을 소개해주시어 진즉부터 알고 있었다. 그 <현대시학>에선 몇몇 젊은 시인들의 시집도 만들어주고 있었다. 자연스럽게 마음은 <현대시학>으로 기울어졌다. 전봉건 선생에게 부탁드리면 거절하지 않으실 것 같았다.

선생은 참 과묵한 분이셨다. 이쪽에서 두 마디 세 마디 해야만 겨우겨우 한마디 대꾸를 하시는데 그것도 아주 짧고 간단명료한 대답이 고작인 분이었다. 그래서 그분과 대화를 하려면 마음속으로 몇 마디 이야기를 혼자서 주고받고 나서 다음 말을 해야만 했다. 박목월 선생께 보여드린 시집 원고를 들고 다시 전봉건 선생에게로 갔다. 내가 하는 이야기를 듣고 나서 전봉건 선생은 짧은 말로 승낙을 하고 원고를 받아주셨다. 시집 제작에 관한 계약도 짧게 끝났다. 부수는 500부. 체제는 국판 반양장. 지질은 중질지. 인쇄는 그 당시 관행대로 내려쓰기, 종서로 하기로 했다. 이것들은 나의 요구였고 거기에 따라 선생이 제시한 출판비는 16만 원이었다.

시집 원고를 드리고 나서 얼마 지나지 않아 한 번 더 시집 출판 문제로 <현대시학>사에 갔다. 시집 출판비를 미리 드리기 위해서였다. 내게 그만한 돈이 없어서 월급을 타서 분할로 갚기로 하고 아버지한테 빚을 냈다. 그 시절만 해도 농촌에선 모든 물가를 쌀값으로 기준 삼고 있었다. 16만 원은 쌀값으로 쳐서 쌀 열여섯 가마니 값에 해당하는 돈이었다. 그런데 만 원짜리 돈이 나오기 전이니까 16만 원을 천원짜리 돈으로만 준비했으니 제법 두툼한 분량이 되었을 것이다. 기차를 타고 서울까지 가는데 소매

치기라도 당하면 어떻게 하나 걱정이 된 어머니는 내 팬티에 조그만 돈주머니 하나를 만들어주셨다. 그리고 그 위에 지퍼까지 달아주셨다. 지금도 생생히 기억이 난다. 서대문구 충정로의 허름한 건물 2층에 <현대시학>사가 자리 잡고 있었다. 가파른 나무 계단을 올라가서 좁은 나무판자로 된 마루를 걸어서 마루 끄트머리쯤 조그만 방에 그야말로 전설처럼 <현대시학>사가 있었고, 그 방 안에 오래된 수석처럼 전봉건 선생이 말없이 앉아 계셨다. 어쩌면 그것은 흑백필름 속 풍경 같기도 하고 한 세기 전 그림 같기도 한 느낌이다. 나는 우선 선생에게 인사를 드리고 화장실에 간다면서 삐걱거리는 나무판자 복도를 한참이나 지나 화장실에 찾아가 바지를 내리고 팬티 속에 숨겨둔 돈 봉투를 꺼내어 주머니에 넣어 다시 사무실로 가 천연덕스럽게 선생에게 드렸다.

그 뒤로 얼마 되지 않아 시집이 나왔다. 한데 중간에 약간의 변동이 있었다. 아무래도 500부는 시집 권수로 부족할 것 같아서 700부로 부수를 조정했다. 그리고 중질지로 했던 종이를 100근 모조지로 바꿨다. 이 모든 게 내가 원해서 그렇게 된 것이었다. 물론 시집이 나온 뒤 돈을 더 드릴 요량으로 그리했었다. 시집을 부쳤노라는 전갈을 받고 고향의 면 소재지 우체국에 찾아가서 전봉건 선생에게 전화를 걸었다. 번화된 시집 제작비에 관한 얘기를 드렸다. 내 이야기를 잠자코 듣고 있던 선생께서 의외의 말씀을 하셨다. 내 편에서 상향 조정하여 찍은 시집 제작비 차액에 대해서 전혀 받지 않겠다는 말씀이었다. 그래도 그럴 수 없으니 더 드릴 액수를 말씀해달라는 요구에 선생은 이렇게 말씀하시는 것이었다.

"나 형, 나 형과 나의 관계가 이번 일로 모두 끝나는 것 아니잖소?"

뒤통수를 무언가 둔탁한 물건으로 한 대 얻어맞은 듯했다. 전봉건 선생이 바로 그런 분이셨다.

시집은 느리게 느리게 기차 화물로 보내져왔다. 나는 등기우편으로 한발 앞서 도착한 물표를 움켜쥐고 버스를 타고 서천역까지 가서 시집 뭉치를 찾아 택시를 대절해 싣고 집으로 왔다. 택시가 우리 집 마당까지 들어갈 수 없어 우선 큰길가에 싣고 온 짐을 부렸다. 그러고선 빈 지게를 지고 가 거기에 시집 뭉치를 하나씩 얹어 집으로 날랐다. 지금 기억으로도 시집 뭉치가 여러 개였지 싶다. 나는 지게질이 서툴지만 지게로 시집을 져 나르는 발길이 마냥 가뿐하고 즐겁기만 했다. 시집 뭉치를 마루에 쌓아놓았을 때 우리 집 마루가 가득해졌다. 나는 그만 세상에 다시없는 부자가 된 듯한 그런 느낌이었다. 막 짐 뭉치를 풀어 처음으로 만든 내 시집을 넘겨보고 있을 때, 뒷집에 사는 중학생 성운이가 우리 집에 놀러왔다.

"큰형, 이거 뭐예요?"

막내 여동생과 동창인 성운이는 나를 큰형이라고 불렀다.

"내가 만든 시집이야."

나는 시집 한 권을 빼내어 뿌듯한 마음으로 성운이에게 건네주었다. 한참 동안 시집을 뒤적거리던 성운이의 입에서 엉뚱한 말 한마디가 튀어나왔다.

"형, 이 책은 빈 곳이 많아서 연습장으로 쓰면 좋겠네요."

어쩌면 성운이로서는 당연한 말이었을지 모른다.

한 번도 시집이란 것을 보지 못했을 테니까 말이다. 그러나 나는 어린 중학생이 하는 말인데도 그 말이 무척 서운했다.

마루 끝에 앉아서 성운이가 시집을 계속 뒤적거리고 있을 때 나는 안방에서 바느질을 하고 계시던 어머니에게 시집 한 권을 드렸다.

"어머니, 이 책이 제가 이번에 낸 첫 번째 시집입니다."

어머니는 한참 동안 시집을 읽어보신 뒤, 반짇고리에 있는 조그만 주머니에서 돈을 꺼내어 내게 주시면서 말씀하셨다.

"태주야, 내가 네 시집을 첫 번째로 사주마."

시집 뒷면에 정가로 찍힌 700원. 얼마 되지 않는 돈이지만 그 돈이 얼마나 내게 크나큰 용기를 주는 돈이었던가!

첫 시집 『대숲 아래서』에는 어머니를 소재로 삼은 시들이 여러 편 들어 있다. 그때 어머니가 그 시들을 읽고 나에게 시집 값을 주셨는지 아닌지는 아직도 모르는 일이다. 아래에 적은 시가 바로 그 첫 시집에서 어머니를 소재로 삼은 시 가운데 한 편이다.

어머니 치고 계신 행주치마는
하루 한 신들 마를 새 없어,
눈물에 한숨에
집 뒤란 솔밭에 스미는
초겨울 밤 솔바람 소리만치나
속절없이 속절없어…….

봄 하루 허기진 보리밭 냄새와
쑥죽 먹고 짜는 남의 집 삯베의
짓가루 냄새와 그 비린내까지가
마를 줄 몰라, 마를 줄 몰라.

대구로 시집간 딸의 얼굴이
서울서 실연하고 돌아와 울던 아들의 모습이
눈에 박혀 눈에 가시처럼 박혀
남아 있는 채,
남아 있는 채로…….

오늘도 네가 있어 마음속 꽃밭이다

이만큼 살았으면

기찬 일 아픈 일은 없으리라고

말하시는 어머니, 당신은

오늘도 울고 계시네요.

어쩌면 그렇게 웃고 계시네요.

선물하는 마음

선물은 착한 마음으로 주고받는 물건을 말한다.
결코 돈을 받고 주고받는 물건이 아니다. 더구나 무
리한 부탁이나 불편한 일을 빌미 삼아 주는 물건이
아니다. 물건은 물건이되 마음으로 주는 물건이고
더하여 착한 뜻을 담아 주는 물건이다.

선물은 어디까지나 공짜로 주고받아야 한다. 주는
사람도 공짜로 주고, 받는 사람도 공짜로 받아야 한
다. 다른 뜻이 있어서는 결코 안 된다. 그것이 선물의
본질이고 원칙이다.

무엇보다도 선물에서 중요한 것은 마음이다. 마음

의 주고받음이다. 마음은 보이지 않는다. 옮겨지지도 않는다. 그런데 어떻게 마음을 주고받는가? 어차피 마음을 상징으로 바꾸어 줄 도리밖에는 없는 노릇. 그래서 물건이 필요하고 선물이 요구된다.

선물 가운데서도 꽃이 바로 그렇다. 마음을 표현하는 데 꽃처럼 좋은 비유가 없겠기에 사람들은 중요한 일이나 소중한 사람에게 의미를 담아 자기의 마음을 꽃으로 바꾸어 주고받는 것이리라.

어버이날에 드리는 꽃을 예로 들어도 그렇다. 생존하신 부모님께는 붉은색 카네이션을 드리고 돌아가신 부모님을 위해서는 자신의 가슴에 하얀 카네이션을 단다. 내가 아직도 당신을 사랑하고 있다는 뜻으로 생존하신 부모님께는 붉은 꽃을 드리고 이미 돌아가신 부모님을 위해서는 아직도 당신을 잊지 않았노라 하얀 꽃을 가슴에 다는 것이리라.

붉은 꽃에서 우리는 붉은 심장을 만나고 하얀 꽃에서 순결한 슬픔을 읽게 된다. 이 얼마나 아름답고 고귀한 인간의 예절인가. 선물은 참 좋은 것이고 아름다운 것이다. 자주 주고받을수록 더욱 좋은 것이다.

이렇게 좋은 선물을 위한 두 번째 원칙은 선물을 하고 나서 선물한 사실을 잊어버려야 한다는 것이다. 준 상대는 물론이고 준 물건의 항목까지 깡그리 잊어야 한다는 것이다. 잊기가 어려우면 잊도록 노력해야 한다. 선물을 하고 나서 그것을 마음의 흔적으로 남기면 그건 이미 선물이 아니다. 보답을 바란다면 더더욱 선물이 아니다. 선물은 오로지 무상의 행위이고 그 기쁨이고 허공에 던지는 사랑의 고백 같은 것이어야 한다.

오늘도 네가 있어 마음속 꽃밭이다

반짝 햇빛이 든 날

　나에게 있어, 일 년 사계절 가운데 가장 아름다운 계절은 여름철이다. 모든 생명체가 한껏 성장하고 변화하고 활동하는 계절. 확장되는 계절. 여름철은 실로 대지의 생기로 가득한 계절이고 태양의 에너지가 넘쳐나는 계절이다. 마음껏 기지개를 켜면서 활보하는 계절인 동시에 느슨하게 이완되기도 한다.

　여름철은 아무래도 불과 물의 절기. 하늘에 이글거리는 태양을 보라. 지상의 모든 생명의 양식은 오직 태양에서 시작하기에 여름철 태양은 어진 부성父性과 같다. 모든 풀과 나무들은 태양이 주는 불을 양식으로 바꾸어 비축하기에 걱정이 없다. 또한 구름이 하는 일은 물을 주는 일이다. 와글와글 구름 떼를 몰고 와 지상에 물세례를 내린다. 그런 점에서 구름은 또 하나의 모성母性이다.

이렇듯 아름다운 여름철 가운데서도 더욱 아름다운 날은 장맛비 내리는 도중에 잠깐 햇빛이 나는 날이다. 며칠을 두고 어둡고 습한 날이 지속되다가 거짓말처럼 반짝 햇빛이 드는 날. 세상은 새로 태어난 아기같이 된다. 비에 말갛게 몸을 씻은 나무와 풀들은 그 이파리 하나하나, 줄기 하나하나가 반짝이고 흰 구름은 또 먼 하늘에서 실눈을 뜨고 그윽히 우리를 내려다보고 있다.

만약 당신이 개울길을 따라 걷거나 자전거를 타고 가는 사람이라면 개울물 전체가 살아 있는 기다란 짐승처럼 명랑하게 소리내면서 흘러가는 것을 보게 될 것이다. 개울물 위에, 수없이 반짝이는 물비늘을 또 만나게 될 것이다.

이렇게 반짝 햇빛이 든 날을 놓치지 않는 녀석들이 잠자리들이다. 수풀 속에서 비를 피하고 있던 녀석들이 왈칵 쏟아져나와 비행 연습을 하기 시작하는 것이다. 어떨 때는 외롭게 혼자서 물을 거슬러 올라가는 잠자리 한 마리를 만나기도 한다. 녀석은 마치 공항의 활주로를 주행하는 한 대의 항공기를 연상하게 하리라.

이런 좋은 시간을 놓치지 않는 축들이 또 있다. 매미들이다. 높은 감나무에서 우는지 살구나무에서 우는지 매미 울음소리는 바람에 날려 짜르르 하늘에 날린다. 매미 소리는 파랑 빛깔이다. 그것은 마치 비단 필을 풀어헤친 듯 펄럭인다. 하늘의 강물과 같다.

매미 소리도 도시에서 우는 매미 소리와 시골에서 우는 매미 소리는 사뭇 다르다. 도시에서 우는 매미 소리는 불빛이나 자동차 소음 같은 것에 스트레스를 많이 받아서 그런지 사납고도 시끄럽다. 씨울씨울씨울. 마치 욕지거리를 퍼붓는 것처럼 운다. 그러나 시골에서 우는 매미 소리는 매우 편안하고도 유장하다. 짜르르르. 마치 그것은 넓은 하늘 벌판에 비단 필을 풀어헤친 것 같고 맑고도 푸르게 흘러가는 강물과 같다.

이런 날은 또 내 마음도 가만히 있지를 못하고 멀리 떠난다. 유럽도 좋고 유럽 가운데 스위스도 좋겠다. 다시금 아메리카도 좋겠다. 그러나 유럽, 스위스, 아메리카는 지도에 있는 그 장소가 아니다. 철저히 내 마음속에만 숨어 있는 나라들이다.

　장마철에 잠시 비 갠 날, 개울을 따라가면서 나는 잠자리들을 보고 매미 소리를 듣는다. 기분 좋은 일이다. 더불어 지도에도 없는 먼 나라들을 꿈꾼다. 잠깐의 행복이다. 그러기에 나이 들어가면서 나는 사계절 가운데 여름철을 더 좋아하게 되었는지 모르겠다.

오늘도　네가　있어　마음속　꽃밭이다

여름 하늘 구름

아침부터 구름이 심상치 않았다. 낮게 드리운 구름이 아니라 하늘 높이 떠오른 구름. 건물로 치자면 1층이나 2층, 3층의 단독주택이 아니라 10층, 20층 고층아파트 같은 구름이다. 차라리 그건 대리석 궁전 같다고나 할까. 해마다 장마철이 끝날 때쯤이면 하늘은 이런 구름을 보여준다.

일 년 가운데 가장 높이 솟는 구름이다. 그만큼 대기 활동이 활발하다는 얘긴데, 그동안 지상에 쌓인 에너지가 대기 중 수증기를, 높이높이 밀어 올려 저토록 아스라한 구름의 곡예를 연출해내는 것이리라.

구름덩이 하나가 하늘의 절반을 차지하는 때도 있다. 금방 생기고 부서지고 용틀임하는 것이 그야말로 장관이다.

구름이 간다. 빠르게 하늘 벌판을 달려서 간다. 어디선가 급한 일이라도 벌어진 것일까. 구름은 꼭 싸움터로 몰려가는 고대의 병정들 같다. 구름이 가는 곳은 북쪽인 서울. 그렇다면 그들은 지금 서울로 유학길 떠나는 젊은이들이란 말인가? 아니면 집단 가출하는 농촌 소년들이란 말인가?

저 구름들이 몰려가서는 어딘가 큰비를 내리게 하고 물난리를 일으키지는 않을까. 그래서 마음이 불안한 것인가. 하늘 가득 출렁이며 흐르는 구름을 보고 있으려면 까닭 모를 불안에 휩싸인다. 요즘은 장마철이 끝난 뒤에 오히려 더 큰 비가 내리고 물난리가 생기고 그런다. 하늘이 변하고 구름이 변한 것이다.

그래도 나는 여름 하늘의 구름을 무척이나 좋아하는 사람이다. 여름 하늘에서 만나는 구름은 대개가 회색빛 구름. 사람들은 그런 구름을 별로 좋아하

지 않는다. 그러나 나는 검은 구름도 좋아한다. 오히
려 흰 구름보다 무언가 모를 깊은 속내를 숨기고 있
을 것만 같아서 은근히 정이 가기도 한다.

여름 하늘에서 만나는 구름 가운데 더욱 좋은 구
름은 검은 구름 바탕에서 솟아오르는 흰 구름이다.
몸을 비틀듯 구름이 피어오른다. 용틀임이다. 그 누
구도 말리지 못할 마음의 불길만 같다. 정녕 누군가
의 끓어오르는 욕망이 저러할까. 안쓰럽기까지 하다.

여름날의 구름은 멀뚱멀뚱 하늘에 떠 있다가 어
느 순간 비를 뿌리기도 한다. 마치 안면을 바꾸고 대
드는 사람만 같다. 슥슥슥 힘도 들이지 않고 뿌리는
비. 팔을 늘어뜨린 채 몸을 부리는 비, 소낙비다. 가끔
우산 준비도 없이 길을 나섰다가 이런 비를 만나게
되면 참으로 난감하다. 그렇지만 그런 순간에도 구
름을 보고 있노라면 구름을 따라 어디로든 가고 싶
어진다. 자신도 알 수 없는 미지에의 방랑 충동이다.

구름이 점점 높아진다. 구름이 높아질 때 우리 마
음도 높아진다. 두 손 놓고 오래도록 아무 일도 하지
않고 아무런 생각도 없이 구름을 바라보는 시간을

갖고 싶다. 오늘은 구름 너머 그 누구라도 좋으니 문
득 정다운 말 한마디 건네보고 싶은 날이다.

반갑고 기쁘다

내가 문학 강연을 하면서 젊은 세대들에게 가장 많이 들려주는 시는 구상 선생의 「꽃자리」라는 작품이다. 젊은 세대에게 그들 자신이 '꽃'과 같이 소중한 존재라는 것을 일깨워주기 위함이고 그들이 앉아 있는 자리, 처한 형편이 결코 나쁜 것이 아닌 '꽃자리'라는 것을 알려주기 위함이다.

이는 자존감과 관계 있는 문제다. 사람은 자존감이 없이는 참 인간이기 어렵다. 학자들 말에 의하면 사람은 자존감이 떨어질 때 우울해지는 것은 물론 그 자존감을 회복하기 위해 폭력이나 일탈 행위를 일삼기도 한다고 한다. 아예 자존감이 바닥나면 쓰레기를 내다 버리듯 자신을 내다 버리고 싶은 욕망이 생기는데 그것이 자살 행위로 이어진다고 한다.

이러한 자존감을 일으켜 세우는 데 가장 좋은 시가 구상 선생의 「꽃자리」다. 구상 선생은 고매한 인품과 함께 사변적이고 철학적인 좋은 시를 다수 남긴 시인인데, 특별히 이 시만은 쉬운 언어구조로 되어 있을 뿐만 아니라 인생론적인 내용을 담고 있어서 많은 사람에게 사랑을 받고 있다.

이 시에 두 번씩이나 나오는 구절인 '반갑고 고맙고 기쁘다'라는 말은 애당초 구상 선생의 문장이 아니었다. 구상 선생은 본적과 출생은 남한이지만 성장하고 주로 활동한 고장은 북한의 함흥이었는데, 광복 이후 '응향'의 필화사건으로 월남하여 서울에서 살 때 자주 공초 오상순 선생을 뵈었다고 한다.

오상순 선생은 집도 가족도 없이 다방과 여관을 전전하며 독신으로 살다가 돌아간 승려 같은 시인이다. 오상순 선생(1894년 출생)은 구상 선생(1919년 출생)보다 15년 연상으로 오상순 선생은 구상 선생을 만날 때마다 '반갑고 고맙고 기쁘다'라는 말로 인사를 했다고 한다. 젊은 시절 구상 선생은 그 말을 대수롭지 않게 여겼는데, 당신도 나이가 들고 보니 그 말이 귀하게 여겨져 당신의 시에 그 구절을 넣어 「꽃자리」란 시를 지은 것이다.

그러므로 이 시는 구상 선생과 오상순 선생의 합작품이라 할 수 있겠다. 이렇게 시어를 공유함은 참으로 아름다운 시인들의 우정이다. 생애와 생애를 넘어 흐르는 언어와 정신의 강물. 그 계승은 얼마나 아름답고 귀한 것인가! 그 시를 또한 후세의 나 같은 사람이 사랑하고 나를 통하여 젊은 세대들이 알고 좋아하니 이야말로 언어의 승리, 시의 승리가 아니고 무엇이겠는가.

반갑고 고맙고 기쁘다
앉은자리가 꽃자리니라!
네가 시방 가시방석처럼 여기는
너의 앉은 그 자리가
바로 꽃자리니라.

반갑고 고맙고 기쁘다.

　이것은 구상 선생의 시 「꽃자리」의 전편이다. 선
생은 처음 이 시를 아주 길게 썼는데 나중에는 아랫
부분을 잘라내고 이렇게 깡똥한 시로 만들었다. 그
리하여 많은 사람이 좋아하고 외우는 시가 되었다.
아무래도 이 시에서 소중한 부분은 두 번이나 반복
하여 말한 '반갑고 고맙고 기쁘다'이고 그다음은 제
목이기도 한 '꽃자리'란 말이다.
　사람은 누구나 남들을 의식하고 상대적 비교를
잘하는 성향이 있으므로 자기가 가진 것보다는 남
이 가진 것을 좋아하고 선망하도록 되어 있다. 이것
을 탈피하라는 조용한 타이름의 목소리가 이 시에
담겨 있다. 여기서 나의 자리가(처지나 환경이) 결코 나
쁜 것이 아니고 '꽃자리'라는 자각과 인식이 있어야
한다.
　이것은 가히 발견과 깨달음의 수준이다. 더 나아
가 '네가 시방 가시방석처럼 여기는/ 너의 앉은 그
자리가/ 바로 꽃자리니라.' 이러한 타이름 속에서 우

　　　　　오늘도　네가　있어　마음속　꽃밭이다

리는 많은 위로를 받고 자기 자신이 괜찮은 존재라는 인식을 하게 되며, 드디어 잃었던 자존감을 회복하게 된다. 이 얼마나 고마운 일인가.

이렇게 좋은 시는 우리들 삶에 지대한 영향을 주는 아주 귀한 문장이다.

끝내 포기할 수 없는 것들

일찍이 포기한 것이 많다. 2007년, 죽을병에 걸려 105일 동안 물 한 모금 마시지 못하고 주사로만 버티면서 음식 먹는 것을 포기해본 경험이 있고, 그 뒤로는 또 여러 가지를 포기하면서 살고 있다.

우선은 집에 대한 포기다. 지금 사는 집은 지은 지 30년 가까운 낡은 아파트. 다들 새 아파트로 이사 간다는 추세지만 나는 어디까지나 지금 사는 집, 8천만 원짜리 이 아파트에 만족한다. 종신토록 이 집이 내 집이다.

다음은 옷에 대한 포기다. 나이가 들고 보니 외모

에 별로 신경 쓸 일이 없고 또 예전에 사놓은 옷들 가운데 입지 않은 옷이 많아 그 옷들을 꺼내어 입는다. 오래된 옷이지만 새 옷 같아서 좋다. 그러니 옷에 대한 포기가 가능하다.

그리고 나는 먹는 일을 그다지 중요하게 생각하지 않는 사람이다. 어떡하든 먹어서 허기만 면하면 되었지, 그들먹하게 상을 차려놓고 먹는 음식을 좋아하지 않을뿐더러 식사 시간을 길게 갖는 것도 별로 좋아하지 않는다. 살기 위해서 먹는 것이지, 먹기 위해서 사는 인생은 아닌 것이다.

끝으로 자동차에 대한 포기다. 대중교통으로 모든 이동에 만족했고 해결이 가능했다. 그저 내 자발적 교통수단은 자전거다. 말하자면 자전거 정도로 내 교통문화는 진화를 멈춘 셈이다.

그렇지만 끝내 포기하지 못하는 것들이 있다. 그것은 글 쓰는 일이고 책 내는 일이고 사람을 좋아하는 일이다. 책과 글에서 해방되고 싶은 것이 나의 마지막 소망이지만 그러기 위해서 나는 더욱 열심히 글을 써서 더 이상은 써낼 것이 없을 때까지 글을 써야 한다.

그러고는 사람을 좋아하는 일이다. 일찍부터 사람은 사람들 사이에서 사람이었다. 누구도 혼자서는 살 수 없는 것이 인간 세상이다. 어떻게든 사람들과 어울려야만 한다. 사람들 사이에 사람의 길이 있다.

예전엔 혈연, 지연, 학연이 인간 생활, 인간관계를 지배했다. 그러나 지금은 그런 것들이 많이 희석된 것 같고 어떡하든 이웃과 잘 어울려야만 잘 살 수 있는 인생이 된다. 그러기 위해서는 내가 먼저 마음의 문을 열어야 한다. 그리고 상대방을 챙겨줘야 한다. 그러할 때 상대방이 나를 챙겨주지 않을 리 없고 상대방과 잘 어울리지 않을 까닭이 없는 것이다.

나의 고향은 서천이고 지금 사는 곳은 공주다. 거기서 나는 문화원장 일을 8년이나 했다. 약간은 고답적이고 자존심이 강한 공주 사람들이 나를 문화원장으로 받아준 것은 그만한 이유가 있다. 그것은 내가 먼저 공주 사람들을 따르고 섬기고 사랑한 결과다.

의외로 문화원장은 선출직이다. 문화원 회원들의

직선으로 문화원장이 뽑히는데 문화원 회원들이 나를 두 차례나 선택해주어서 문화원장으로 일했다. 그러므로 나는 43년 동안 머문 교직 생활보다 8년 동안의 문화원장이 더욱 내 인생에서 의미를 갖는다고 말한다.

이것은 오로지 내가 사람을 좋아하고 내가 먼저 다른 사람들을 섬기고 챙겨준 결과다. 앞서 소개한 구상 선생의 시, 「꽃자리」처럼 무엇보다도 먼저 사람과 사람이 만나면 반가워야 한다. 반갑지 않으면 반갑도록 서로가 노력해야 한다. 그다음은 고마워야 한다. 왜 고맙겠는가? 잘해주어야만 고마운 것이다. 잘해주면 꽃도 고마워 예쁘게 꽃을 피우고 고양이도 사람한테 아양을 떨 것이다.

고마우면 자연적으로 기뻐질 것이다. 기뻐하는 마음이 행복이다. 행복이 깊은 책장 속이나 상자 속에 숨겨진 물건이라 생각하면 처음부터 그건 오답이다. 행복은 기뻐하는 마음이다. 작은 것을 받고서도 감사하는 마음이고 늘 곁에 있는 것들을 아끼고 사랑하는 마음이다.

젊은 시절 이래 나는 이웃 사람들, 말하자면 직장 동료나 글 쓰는 동료들을 가족처럼 아끼며 살아왔다. 그런 덕분에 나는 살아서 문학관을 갖는 행운을 가졌고 또 나의 작품인 「풀꽃」에서 이름을 딴 문학상도 제정해 시상하는 사람이 되었다.

결코 이것은 나 혼자서만 이룬 일이 아니고 나의 이웃들, 동료들, 친지들이 적극적으로 거들어주어서 가능해진 일이다. 다시 한번 말하고 싶다. 이웃 사랑이 나를 사랑하는 일이다. 인간은 어디까지나 이웃과 더불어 인간이다. 이웃을 포기하는 것은 자기 인생을 송두리째 포기하는 일이다.

사람들 사이에 사람의 길이 있다. 이웃들 사이에 진정한 나의 성공이 숨어 있다. 이것이 나의 많은 것들 가운데 글 쓰는 일, 책 내는 일과 함께 끝내 포기할 수 없는 일이다. 사람을 좋아하고 사람을 사랑하는 일. 그것은 여전히 나의 마지막 과업이다.

오늘도 네가 있어 마음속 꽃밭이다

오늘도 걸었다

오늘도 길을 걸었다. 오전에도 걸었고 오후에도 걸었다. 오후 시간에는 동학사 쪽에 약속이 있어 택시를 타고 가다가 중간에 내려 한동안 걸어서 갔다. 아직은 여름 햇살이라 따가웠지만 그래도 걷는 기분이 나쁘지 않았다. 도로를 버리고 논둑길로도 걷고 밭둑길로도 걸었다. 모처럼 그렇게 걸어보니 느낌이 아주 새로웠고 보고 듣는 것들이 달랐다.

우리는 어디를 갈 때 주로 자동차를 이용한다. 차를 타면 시간이 단축되고 몸이 편하다. 그래서 아예 걷는다는 것을 생각하지 않는다. 걷는다 하더라도 그 구간을 최소한으로 줄이려고 애쓴다.

같은 길을 가더라도 차를 타고 가는 것과 걸어서 가는 것은 사뭇 다르다. 차를 타고 갈 때는 차만 움직이고 사람은 움직이지 않기 때문에 그것은 가는 것이 아니라 멈춰져 있는 상태이고, 여전히 방 안에 앉아 있는 꼴이 된다. 다만 움직이는 것은 창밖의 풍경일 따름이다. 이렇게 되면 방 안에 앉아서 텔레비전이나 컴퓨터 화면을 대하는 것과 마찬가지가 된다.

차를 타고 가면서 운전하는 사람의 얼굴을 한번 바라보라. 그의 얼굴은 얼마나 고독한 얼굴인가! 무언가 골몰하고 있는 그것은 피곤하고 짜증 난 얼굴이기도 할 것이다. 차 안에 있는 사람들도 마찬가지다. 그가 창밖을 바라보고 있다 하더라도 그의 얼굴은 창밖의 풍경을 보면서 더불어 무엇인가 상념에 빠진 얼굴이기 십상이다. 역시 피곤하고 고독하고 더 나아가 찌든 얼굴일 것이다. 다 같이 기계 속에 앉아서 길을 가기 때문이다.

그러나 사람이 직접 길을 걸을 때는 상황이 많이 달라진다. 우선 그의 발바닥은 대지를 굳건히 디디

오늘도 네가 있어 마음속 꽃밭이다

면서 앞으로 계속해서 나아갈 것이다. 그리고 그의 팔다리는 힘 있게 휘둘러지거나 움직여질 것이고 그의 가슴은 또 활발하게 숨을 쉴 것이다. 머리 위로는 넓은 하늘이 펼쳐질 것이고 그의 가슴속으로는 맑은 공기가 들락거릴 것이다. 그의 눈과 귀 또한 주변의 온갖 사물들과 상호작용을 할 것이다. 때로는 땀이 나기도 할 것이고 숨이 가빠지기도 할 것이다. 이 얼마나 좋은 일인가. 그야말로 그것은 살아 있는 생명의 가장 아름다운 상태다.

산이 보이고 나무가 보이고 풀이 보였다 하더라도 그것은 전혀 새로운 산이요, 나무요, 풀이다. 그들과 처음으로 만나는 만남의 시간이다. 새소리를 듣거나 바람 소리, 물소리를 들었다 해도 그것 또한 전혀 다른 소리다. 결코 이전에 듣던 소리가 아니다. 처음으로 듣는 소리이다. 그렇게 하여 길을 걷는 사람들에겐 이 세상 만물이 새롭게 탄생하는 것이고 길을 걷는 사람 또한 세상 만물 속에 새롭게 소개되는 것이다.

차를 타고 갈 때는 혼자서 가든 여럿이서 가든 그

것은 외롭게 홀로 가는 길 같다. 그러나 걸어서 갈 때는 혼자서 가는 길이라 해도 결코 혼자서 가는 길이 아니다. 주변의 온갖 사물들과 대화하면서 가는 길이고 어울리면서 가는 길이다. 말하자면 '만남'의 시간이 된다. 여기서 '만남'이란 그냥 스쳐서 이루어지는 접촉이 아니라 마음 깊이 기억되는 하나의 흔적으로서의 접촉을 말한다. 그래서 차를 타고 가는 길은 독행이 될 수밖에 없는 반면, 걸어서 가는 길은 동행同行이 될 수 있다.

오늘도 나는 약속 장소로 가면서 수월찮은 길을 걸었다. 걸으면서 이것저것 두리번거리기도 하고 사진도 여러 장 찍었다. 땀을 약간 흘리긴 했지만 그래서 몸이 가뿐해지기도 했다. 마침 계룡산 기슭을 스치게 되었는데, 계룡산의 여러 봉우리를 새롭게 보는 기회도 얻었다. 그것은 차를 타고 가면서는 보지 못하던 계룡산의 일면이었다. 모임을 마치고 돌아오는 길에는 어두운 밤길을 차 타는 곳까지 걸어서 갔다. 그 길에서 여러 마리의 반딧불을 만났다. 그것은 걷기를 좋아하는 자에게만 허락된 행운이었다.

오늘도 네가 있어 마음속 꽃밭이다

혼자서 흘리는 눈물

어릴 때 외할머니는 새소리를 소재로 여러 가지 이야기를 들려주셨다. 밤에 부엉이가 울면 저승사자가 와서 사람을 데려가기 위해 '부흥 부흥' 기괴한 소리를 내며 운다고 말씀하시고, 소쩍새가 울면 또 소쩍새 소리를 가지고 여러 가지 이야기를 만들어 들려주셨다. 소쩍새 울음소리가 '소쩍따 소쩍따' 하고 들리면 가을에 풍년이 들 징조요, '소탱 소탱' 하고 울면 흉년이 들 징조라는 것이었다. 이유인 즉 풍년이 들어 곡식이 넉넉하게 되면 밥 지을 솥이 적게 되어 '솥이 적다, 솥이 적다' 하고 우는 것이요, 흉년이 들어 곡식이 부족하면 또 '솥이 텅 비었다, 솥이 텅 비었다' 하고 운다는 것이다.

물론 이것은 농경시대에 만들어진 우화 중 하나일 것이다. 이보다 더 흥미 있는 건 꾀꼬리 울음소리에 관한 것이다. 꾀꼬리는 해마다 5월 말경부터 6월에 와서 우는 여름 철새다. 몸 빛깔이 진한 노랑으로 황금빛을 자랑하는 새이기도 하지만 그 울음소리가 호사스럽고 찬란하기 이를 데 없는 새다. 신록이 어우러져 햇빛에 반짝이는 수풀 위로 '호르르 호르르', 울면서 몸을 뒤척이는 모습은 가히 황홀경의 연출이다.

외할머니는 서른여덟에 청상이 되신 어른. 외할아버지를 여의고 집안에 아무도 함께 살 사람이 없어 네 살 때부터 초등학교 졸업할 때까지 나를 맡아서 키워주신 분이다. 외할머니는 초등학교 3, 4학년쯤 다니고 있었을 나를 데리고 앉아 부엉이나 소쩍새 이야기도 해주셨지만 꾀꼬리 이야기도 들려주셨다. 외할머니에 의하면 꾀꼬리는 이웃집 총각을 애타게 짝사랑하다가 죽은 처녀 귀신이 변하여 된 새라는 것이다. 그래서 해마다 6월이 오고 텃밭에 고추가 열리는 계절이 오면 꾀꼬리가 되어 옛 마을로 찾아와 운다는 것이다. 뿐더러 그 울음소리가 총각을 그리워하는 소리로 들린다는 것이다. '고추밭에 조 도령! 고추밭에 조 도령!' 하고 말이다.

정말로 그것이 그럴까? 오늘에 이르러 고개가 갸웃해지는 일이기도 하지만 그 시절엔 정말로 그런 것처럼 들리고 그런 이야기조차 마음에 아릿한 감정의 파문을 주었던 것이 사실이다. 어른이 되어 내가 꾀꼬리 울음소리를 제대로 들어 본 건 지난해 여름이 처음이었다. 공주에 오래 살면서도 공산성을 한 바퀴 돌아본 일이 없어 큰맘 먹고 공산성을 찾아가 돌던 때의 일이다. 영은사를 지나 공북루로 가는 산성 위에 서 있었다. 어디선가 꾀꼬리가 울고 있었다. '호르르 호르르', 아주 맑고 경쾌하고 드높은 목청이었다. 그것은 한 마리가 아니었다. 이쪽에서 한 놈이 울면 저쪽에서 또 한 놈이 맞장구를 쳤다. 하나의 화답이었다. 대화였다. 자세히 들어보니 그것은 두 놈만도 아니었다. 또 다른 놈이 있었다. 노래로 치자면 합창이었고 무용으로 치자면 군무와 같은 것이었다. 아, 꾀꼬리들은 울더라도 혼자서 우는 것이 아니라 여럿이 어울려서 우는 것이구나. 처음 알게 된 일이었다.

가던 발길을 멈추고 나는 그 자리에 주저앉아 꾀꼬리 울음소리를 듣기로 했다. '호르 호르 호르릉', 꾀꼬리 울음소리는 휘파람 소리처럼 들리기도 하고 호루라기 소리처럼 들리기도 했다. 꾀꼬리는 결코 사람들 생각처럼 '꾀꼴꾀꼴' 울지 않는다. 다만 꾀꼬리는 꾀꼬리처럼 울 따름이다. 자세히 들어보면 꾀꼬리의 울음은 한 마리가 우는 소리라도 여러 가지로 들린다. 음절이 다양하다. 보통은 두 음절인데 세 음절로도 울고 한 음절로도 운다. 그 다양한 울음소리는 꾀꼬리들의 언어처럼 들린다. 또 끝맺음도 여러 가지다. 끝소리가 올라갈 때가 있는가 하면 내려올 때도 있고 길게 뽑을 때도 있다. 꾀꼬리. 보통의 새가 아니다. 참 영리한 새라는 생각이 들었다.

또다시 신록의 계절. 지금은 나뭇잎이 나와서 넓게 퍼지면서 반들반들 윤이 날 때. 나뭇잎은 햇빛을 받아 반짝이기도 하고 바람에 몸을 맡겨 뒤채기도 한다. 어디선가 다시 꾀꼬리가 운다. 한 마리가 울고 있는 것 같지만 어디선가 분명 대구하듯 따라서 우는 녀석이 있으리라. 나는 꾀꼬리 울음도 햇빛을 받아 빛나는 나뭇잎처럼 반짝인다고 생각해본다.

그러나 지금 나는 혼자다. 혼자서 집을 보면서 꾀꼬리 울음소리를 듣고 있다. 적막한 대로 살아 있는 목숨으로 다시 신록의 계절을 맞이하고 꾀꼬리 울음소리를 듣는 것이 얼마나 다행스러운 일인가. 그러고 보면 나도 언제부턴가 꾀꼬리처럼 울고 있었던 것은 아닐까. 어쩌면 내 안에 이미 오래전부터 꾀꼬리 한 마리 숨어서 살고 있었는지도 모를 일이다.

아버지를 용서해드리자

예로부터 아버지와 아들은 친한 사이가 아니다. 그러기에 유학의 삼강오륜三綱五倫에서도 부자유친父子有親이란 항목을 두었지 싶다. 성적으로 동성인 아버지와 아들은 자칫 맞수가 될 수 있고 갈등의 당사자가 될 수도 있는 성향이 있다. 남자의 특성 가운데는 패권 의식 같은 것이 있어서 더욱 그렇지 않나 싶다. 도덕이나 윤리를 앞세워 그럴 리가 없는 일이라고 항변하겠지만 살아오면서 보건대 정말로 아버지와 아들이 친한 집안을 본 일이 별로 없다. 어쩌면 그것은 본능적으로 그런 게 아닌가 싶다. 어디까지

오늘도 네가 있어 마음속 꽃밭이다

나 호감의 관계는 아버지와 딸이고 어머니와 아들의 관계다. 이것도 다른 성性이기에 그런 게 아닌가 싶다.

몇 해 전 오랜 병원 생활 중에 여러 차례 보았다. 아버지가 간암에 걸려 가족에게 건강한 간을 이식받아야 할 때 가족 중 누가 장기를 기증하는가. 어김없이 그럴 때 아들이 아니라 딸이었다. 한 번도 아니고 여러 차례 그런 경우를 만나다보니 신기하기까지 한 느낌이었다. 그만큼 딸의 마음속에는 아버지를 위하는 마음이 많고 또 딸의 마음속에는 여성성뿐만 아니라 모성까지 함께 있어서 그렇다는 것을 짐작할 수 있는 일이었다.

나도 사실은 아버지와 친한 사람이 아니다. 뭔가 서먹하고 거리가 있다. 더구나 초등학교 시절 외갓집에서 자란 까닭으로 아버지는 늘 낯설고 대하기가 편안하지 않았다. 그 시절 대개의 아버지가 그러했듯 내 아버지도 살갑거나 친절한 아버지와는 거리가 먼 분이었다. 매우 독단적이고 폭력적이기까지 한 아버지였다. 형제들처럼 나도 여러 차례 아버지한테 매를 맞은 일이 있었고 호되게 야단맞은 일도 부지기수다. 될 수 있으면 아버지와 피하는 것이 상수라 여기며 살았고 세상의 모든 아버지는 그러려니 싫었다.

나이가 들면서도 나는 아버지와 마음의 거리가 있고 내심 아버지를 미워하는 사람으로 살았다. 내내 아버지가 무서웠고 싫었다. 그렇게 청년기를 거쳐 중년기에 접어들었다. 여전히 아버지 앞에서 나는 주눅이 들었고 작은 사람이 되곤 했다. 그러다가 50대 중반 초등학교 교직에 있으면서 초등학교 교장 자격 연수를 받게 되었다. 교직의 꽃이라는 교장이 되는 첫걸음이었다. 충북 교원대학교에서 교장 연수를 마치고 마지막 시험을 치른 날 밤, 나는 고향의 아버지에게 전화를 걸었다. 아버지는 사랑방에 계시다가 전화를 받으셨다.

"아버지, 저 오늘 교장 연수 다 받고 마지막 시험도 보았습니다. 이제 제가 교장이 되었습니다."

"아, 그러냐. 우리 아들 장하다. 내가 하지 못한 일을 네가 해주어서 고맙구나."

전화기에서 들리는 아버지의 음성은 뜨거웠다. 그랬다. 아버지는 젊은 시절 초등학교 교사가 되고 싶으셨다. 그러나 소원을 이루지 못하신 아버지는 나에게 초등학교 교사가 되기를 요구하셨고 나는 교사가 되었으며 끝내 초등학교 교장이 되었다. 모두가 그토록 싫어했던 아버지 덕분이었다. 그제야 비로소 나는 아버지를 미워하고 멀리하고 싫어했던 마음을 멀리 내보낼 수 있었다.

그날 밤 교원대학교 기숙사 뒤뜰 풀밭에 큰대자로 누워 하늘을 보았다. 밤하늘의 별빛이 유난히 반짝이고 있었다. 그것은 충청북도 청주시 강내면 다락리의 별빛이었다. 생각해보면 우리 아버지처럼 입지전적인 인물이 없고 성공한 분이 없고 자식 농사 잘 지은 분도 드물다. 일곱 마지기 소작농으로 출발하여 여섯이나 되는 자식 낳아 모두 잘 길러 가르쳐 성가시킨 분이다. 나는 겨우 두 아이 낳아 기르면서도 아직껏 어렵네 힘겹네 하는데 아버지의 고충은 오죽했을까? 한 번도 아버지 관점에서 세상을 바라보고 생각해본 적이 없다.

이제 나도 일흔의 나이. 아버지는 어머니와 함께 서천의 고향 집에 살고 계신다. 세상일이 바쁘다는 핑계로 자주 찾아뵙지 못하지만 이번 추석에는 또 고향 집에 들러 아버지를 뵐 것이다. 그렇지만 마음은 편치가 않다. 아흔을 바라보시는 아버지도 어머니도 건강이 시원치 못하기 때문이다. 병원이 있고 약이 있지만 그런 것으로도 대신 할 수 없는 것이 세월의 무게다. 기가 세고 당당하고 무섭던 아버지가 이제는 매우 순하고 소심한 아버지가 되셨다. 병약해서 그런 것이다. 이런 아버지를 보는 것은 민망한 일이다. 부모님이 좀 더 건강하게 세상에 머물다 가셨으면 하는 것은 모든 자식 된 사람들의 소망일 것이다.

인간이 진정으로 용서하는 것은 어려운 일이다. 그 가운데서도 어려운 것은 가까운 사람을 용서하는 일이고 더 어려운 것은 자신을 용서하는 일이다. 우선 나는 나 자신을 용서하고 싶고 가족들을 용서하고 싶고 또 아버지를 용서해드리고 싶다. 그리하여 아버지와 내가 좀 더 자유롭게 인간적으로 만나

오늘도 네가 있어 마음속 꽃밭이다

고 싶다. 더 나아가 나에게도 아들이 있으니 그 아들에게도 용서를 받고 싶다. 세상의 아들들이여, 아버지를 용서해드리자. 아버지를 마음속 감옥에서 해방시켜드리자. 그러기 전에 자기 자신도 용서해주자. 올해도 가을은 오고 투명한 하늘은 열리고 맑은 바람은 찾아왔다. 이 투명한 가을 하늘 아래 맑은 바람 속에서 잠시 눈을 감고 생각해본다.

길과 함께라면 인생도 여행이다

길은 인류의 출현과 더불어 있어 왔다. 인간이 있는 곳이면 어디든 길이 있게 마련. 그가 있는 곳이 마을이라면 골목길과 한길이 있을 것이요, 산이라면 오솔길이 있을 것이요, 바다라면 뱃길, 하늘이라면 비행길이 있을 것이다. 길이야말로 자유의 표현이요, 소통의 가장 좋은 방편이다.

만약 우리에게 길이 없었다면 얼마나 답답했을까. 절망했을까. 길이 없는 세상은 하나의 감옥이다. 우리는 얼마나 많은 종류의 길을 기억하며 사는가. 외갓집 가는 길, 세배길, 성묫길, 등하굣길은 비교적 어

오늘도 네가 있어 마음속 꽃밭이다

린 시절의 길이요, 친정길, 출근길, 귀갓길, 시장길은
나이 들어서의 길이요, 병원길, 황혼길, 양로원 가는
길은 늙어서의 길이다.

길 자체가 인생이다. 길 자체가 삶이고 그 흔적이
다. 아니, 삶과 인생이 쌓이면 저절로 길이 되게 되
어 있다. 인간의 삶은 길에서 시작하여 길로 끝나게
되어 있다. 그야말로 길 위의 인생이라 할 것이다.

생각해보면 길보다 더 좋은 스승은 없고 좋은 도
반道伴도 없지 싶다. 스승이라 해도 가르쳐주지 않는
스승이고 도반이라 해도 말이 없는 도반이다. 그저
스스로 알아서 배우라 방임하고 묵언으로 동행해
줄 뿐. 우리는 길을 걸으며 배웠고 길을 걸으며 사랑
했고 길을 걸으며 생각했고 길을 걸으며 많은 것들
을 버려야만 했다. 가장 좋은 대화가 이루어지는 것
도 길 위에서다.

산책길. 특별한 목적 없이 천천히 걷는 길을 말한
다. 소요逍遙가 있고 망설임과 머뭇거림이 있는 길을
말한다. 자연스럽게 좋은 사람, 정다운 사람과 함께
일 수밖에는 없다. 거기서 오가는 대화 또한 그렇다.

일정한 주제가 있을 필요가 없고 형식 또한 따질 필요가 없겠다. 저기 말이지, 그거 말이야, 내가 말이야로 천천히 시작해서 오락가락하다 끝나도 좋은 대화가 있다. 구름에게 들려주고 바람에게 흘려보내주어도 좋은 이야기가 거기에는 있다.

지난여름 한철 나는 아내와 함께 얼마나 많은 길을 걸었던가. 얼마나 많은 길을 걸으며 봉숭아꽃이며 분꽃을 보고 꽈리나무 밑동을 살피며 꽈리 열매 주머니가 커지는 것을 훔쳐보았던가. 또 얼마나 많은 실없는 이야기들을 나누며 낄낄거렸던가.

길이라 해서 대단한 길이 아니다. 그냥 마을 안길이요, 골목길이요, 조금 욕심부린다면 수원지 공원길이다. 예전 상수원지로 쓰던 저수지를 시청에서 공원으로 새롭게 가꾸어주어 그 주변의 길을 걷는 것이 지극히 안락하고 좋았다.

실상 길을 걷는다는 것, 길을 걸을 수 있다는 것은 하나의 축복이요, 인류만이 가진 특권이다. 살아 있는 자의 행운이다. 오늘도 병상에 누워 있는 사람에게 물어보라. 당신의 소원이 무엇인가. 그는 더도 말

오늘도 네가 있어 마음속 꽃밭이다

고 평상복을 입고 마음껏 거리를 걷고 싶은 것이 소원이라고 말할 것이다. 그 거리가 오래 살아서 정든 거리, 낯익은 거리라면 더욱 좋을 것이다.

활보. 역시 내 마음껏 걷는 걸음을 말한다. 숨을 크게 들이쉬고 내쉬며 큰 보폭으로 걸으면 세상이 더욱 넓어지고 마음조차 너그러워질 것이다. 행여 사는 일이 찌뿌드드한 사람이 있다면 부디 이 활보란 것을 한번 해보시기 바란다. 그 장소가 어디라면 어떤가. 마을의 공터라도 좋고 실내 공간의 한 편이라도 좋을 것이다. 우리가 걸을 때 그곳은 즐겨 길이 되어줄 것이다.

나는 가끔 특별한 일이 생기면 내 방식대로 길을 떠난다. 마음에 상처를 입거나 심한 갈등이 있거나 결단을 내릴 때의 일이다. 수세미같이 구겨진 생각들을 정리하기 위해서다. 이럴 때 나는 부서진 마음을 고치러 간다고 말을 한다. 아닌 게 아니라 서너 시간 땀이라도 흘리며 산길을 걷다가 돌아오면 구겨진 생각이 가지런해지고 부서진 마음이 제자리로 돌아간 듯한 느낌을 받는다.

아들아이는 아직 젊어서 길이라면 어디까지나 한 번도 가보지 않은 길, 새로운 길만을 길이라고 고집한다. 그러나 나는 그렇게 생각지 않는다. 여러 차례 가본 길도 낯설고 좋은 길이라고 생각한다. 그러니까 발견보다는 정겨움에 길의 의미가 있다고 믿는 것이다.

길에는 만남이 있다. 그것도 생명을 가진 자들의 만남이다. 그러므로 당연히 호흡이 있고 리듬이 있다. 길은 노래와 같다. 시와 같다. 여러 번 읽어도 좋은 시, 여러 번 불러도 즐거움을 주는 노래 말이다.

길은 미지未知다. 그리움이다. 우리 앞에 무한히 멀리 이어져 열린 길이 있다는 것보다 더 희망찬 일은 없다. 길이야말로 아직도 끝나지 않은 사랑이며 열정이다. 다시 한번 인생 그 자체다. 길과 함께하는 한 우리의 인생은 결코 고행이 아니고 여행임을 알 것이다.

오늘도 네가 있어 마음속 꽃밭이다

아내의 꽃밭

우리 집은 아파트다. 공주 시내에서도 구석진 곳 금학동에 위치한, 지은 지 30년 가까운 낡은 아파트다. 이 집에서 아이들이 대학교에 들어갔고 결혼을 하기도 했다. 나는 또 교장이 되기도 하고 정년 퇴임을 했으며 죽을병에 걸렸다가 다시 살아 돌아오기도 했다.

다른 사람들은 새로 지은 아파트로 이사를 가기도 하지만 우리는 전혀 그럴 생각이 없다. 평생 이 집에서 살다가 죽으려고 한다. 말하자면 우리로서는 마지막 보루인 셈이다. 32평의 공간. 두 사람이 사용하기에는 충분하다. 다른 사람들 집처럼 잡다한 생활 도구들이 들어 있는 우리 집이다.

방이 세 개에다가 거실과 부엌이 있고 베란다와 다용도실이 있다. 안방은 아내의 침실이고 딸아이가 쓰던 작은 방은 나의 집필실이고 아들아이가 쓰던 문간방은 옷가지를 두는 옷방이다. 그런데 그 세 개의 방 벽에는 모두 책장이 꽉꽉 들어차 있어서 약간은 옹색하다는 느낌이 없지 않다.

책의 임자가 나이므로 아파트의 공간을 내가 조금씩 점유하고 있는 셈이다. 아내의 동의하에 이루어진 일이지만 약간은 아내한테 미안한 마음이기도 하다. 집에서 아내가 사용하는 공간은 부엌과 거실이다. 그런데 거실 한쪽 벽에도 책장이 있으니 거실 또한 완전한 아내의 공간이라 하기는 어려운 실정이다.

이러한 우리 집 공간에서 오로지 아내가 지배하는 공간은 베란다. 아내는 이 베란다에 여러 개의 화분을 들여놓고 화초를 기르고 있다.

아내는 화원에서 꽃을 사 오는 것을 좋아하지 않

는 사람이다. 그럴 돈이 어디 있느냐는 것이 아내의 말이고, 또 화초란 기르는 맛이지, 보는 맛이 아니라는 것이 아내의 지론이다. 애당초 우리 집에서 화분에 화초를 심어서 기르는 취미를 가졌던 사람은 아내가 아니고 나였다. 이 아파트로 이사 오기 전 단독주택에서 살 때만 해도 그랬다. 그런데 아파트로 이사 오고 나서 그것이 뒤바뀌고 만 것이다.

주인과 손님이 임무 교대를 한 것이다. 이제는 아내가 화초를 기르는 사람이고 나는 아내가 기른 화초를 바라보는 사람이 되었다. 아내가 화초를 기르는 것을 보면 여간 정성을 기울이는 게 아니다.

우선 빈 화분을 마련하고 거기에 거름흙을 채우고 조그만 화초를 심는다. 그러고는 아침저녁 물을 주고 보살피며 기른다. 대개는 여러해살이 식물들이다. 이름을 아는 화초도 있지만 이름을 모르는 화초가 많다. 난초, 베고니아, 덴드롱, 선인장, 알로에, 사랑초, 기린초, 새우란, 고무나무, 산세비에리아 등이 대강 내가 아는 식물의 이름들일 것이다.

어쩌면 아내는 어린 자식을 키우는 심정으로 화

초를 기르고 있는지 모르겠다. 세상에서 가장 고귀하고 성스러운 마음은 자식을 기르는 모친의 마음이다. 그 마음속에 세상의 모든 평화가 있고 사랑과 근심이 있고 어짊이 있다. 따스함이 있고 보살핌이 있다. 이 마음이 왈칵 무너지는 세상을 무너지지 않게 받들고 있다. 이 얼마나 아름답고 고맙고 위대하기까지 한 마음인가.

"여보, 여보, 이리 와 이 꽃을 좀 보세요. 오늘 아침 새로 핀 꽃이에요."

과묵한 아내가 모처럼 어린아이처럼 호들갑을 떨면서 나를 부를 때 아파트의 우중충한 공기는 화들짝 깨어나고 신선한 물결로 출렁, 흔들린다.

가난하고 불편하고 낡은 우리 집. 그 가운데서도 가장 아름답고 깨끗하고 평화로운 공간. 아내의 꽃밭에 부디 신의 가호와 보살핌이 있으라!

날마다 이 세상 첫날처럼

날씨가 매우 사나워졌다. 이러다가 지구가 영 잘 못되는 게 아닌가 걱정스러울 지경이다. 극지방의 얼음이 녹아내려 바닷물이 불어났다느니, 수온이 올라갔다느니 그런 이야기들을 비롯하여 우리나라 날씨가 아열대로 변하고 있다는 소문들과 함께 말이다.

장마철인데도 시원스럽게 비도 내리지 않더니 이번에는 하루하루가 견디기 어려운 찜통더위의 연속이다. 아침에 자고 일어나도 몸이 무지근하여 영 시원치 않다. 그러나 생각해보면 여름에 덥지 않고 언제 덥겠는가 싶은 생각이 든다. 그렇다. 여름이 더운 것은 당연한 이치고 정작 그것이 여름다운 것이다.

나는 여름이 덥다 해서 어디로 피서를 가거나 그러지는 않을 생각이다. 더위를 피한다 해서 더위가 사라지는 것도 아니거니와 그렇게 더위를 피하며 살아갈 시간의 여유가 없다. 하루하루를 나는 입학 시험 치르듯이, 휴가 나온 병사가 아까워하며 시간을 써먹듯이 살아가고 있다.

이것도 실은 지난번 내가 크게 앓고 나서 생겨난 하나의 변화다. 사는 일이 매우 바빠졌다. 또 하고 싶은 일들이 많이 늘어났다. 주변에서도 여러 사람이 그렇게 말을 한다. 참 바쁘게 산다고. 교직에서 정년 퇴임을 하고 상근이 아닌 문화원장 자리에 있으면서 무엇을 그렇게까지 바쁘게 살 이유가 있겠는가? 그러나 내 생각은 그렇지 않다.

시간이 너무 아깝다. 하루하루가 너무 빨리 간다. 간혹 문화원장실로 볼일이 있는 분들이 찾아와 오랜 시간 이야기를 하고 있으면 안절부절못하는 마음이다. 누구든 나한테서 시간을 많이 빼앗아가는 사람

오늘도 네가 있어 마음속 꽃밭이다

이 부담스럽다. 그것도 별로 도움이 되지 않는 희떠운 세상 이야기로 시간을 빼앗는 사람이 힘들다.

몇 년 전에 상영된 <버킷리스트>란 영화를 기억하시는지? 나는 그 영화를 보지는 않았지만 줄거리는 대강 알고 있고 내용에 담긴 의미도 대강은 짐작한다. '버킷리스트'란 '죽기 전에 꼭 하고 싶은 것들의 목록'이라는 것이겠다. 그렇다. 우리의 하루하루는 죽기 전에 꼭 하고 싶은 일들을 하는 날들의 연속이다.

지난봄에 별로 탐탁하게 여기지 않는 아내를 부추겨 함께 미국 LA를 보름 동안 다녀온 것도 나에게는 실은 버킷리스트 가운데 하나였으며, 우리 문화원의 젊은 직원들과 어울려 계룡산을 넘은 것도 버킷리스트 가운데 하나였다. 또 정년 퇴임 후에 내는 여러 권의 책들도 버킷리스트 가운데 하나하나를 실천하는 일이겠다.

병을 얻기 전에는 나도 술을 한두 잔쯤은 마시는 사람이었다. 그런데 병을 얻어 췌장이 나빠진 뒤로는 의사의 권유에 따라 술을 한 잔도 마시지 못하는 사람이 되었다. 처음에는 그것이 조금은 부자연스러웠는데 지내고 보니 술을 아예 마시지 않는 것이 얼마나 깔끔하고 좋은지 모르겠다.

우선 시간이 아주 여유로워졌다. 또 그 시간이 모두 말짱하게 정신 차린 깨끗한 시간이 되었다. 영어로 말한다면 '클린 라이프'가 된 것이다. 왜 진즉 내가 이러지 못했던가, 후회스러울 지경이다. 정치精緻한 인생, 정미精微한 인생이 된 것이다. 이 얼마나 "야호!"인가? 내 인생을 내 주관으로 산다는 것. 나의 시간을 오로지 내가 지배하며 나를 위해서 쓸 수 있다는 것. 내가 하고 싶은 일을 하면서 산다는 것. 이 것은 그냥 하기 좋은 말로 남이 알까 무서울 정도로 좋은 일이다.

누군가 내 남은 인생의 계획을 물으면 이렇게 대답한다.

"오늘도 어제처럼, 내일도 오늘처럼. 할 수만 있다면 아침에 잠 깨어 이 세상 첫날처럼. 저녁에 잠이 들 때 이 세상 마지막 날처럼."

그렇다. 우리들의 하루하루는 이 세상에서 허락받

은 오직 한 날로서의 하루하루다. 그리고 첫날이자 마지막 날이다. 그런 의미에서 우리는 지구라는 아름다운 별로 여행 나온 여행자들이지 않은가!

사람을 좋아한다는 것

세상에 어려운 일이 많지만 사람이 사람을 좋아하는 것처럼 어려운 일도 없지 싶다. 우선은 한 사람이 한 사람을 좋아하는 것으로부터 출발한다. 일방적인 호감이 쌍방으로 바뀌어 상호작용이 일어나기도 하고 더 좋은 관계로 발전하기도 한다.

처음에 나는 내가 좋아하는 사람은 그들끼리도 좋아하는 관계가 될 줄 알았다. 그것이 애당초 분홍빛 생각이었다. 그래서 그들을 소개해주었고 가깝게 지내도록 권유했다. 그런데 아니었다. 그들은 끝내 서로 좋아하는 사람이 되지 못했다. 다만 내 생각 속

오늘도 네가 있어 마음속 꽃밭이다

에서만 그랬을 뿐이다. 오히려 서로 나쁜 감정을 가진 상태가 되어 멀어지고 말았다. 차라리 그들을 내버려두었더라면 더 좋았을 것이라는 생각이 들어 후회했다.

이렇게 인간과 인간 사이의 일은 까다롭고 어렵다. 그 일로 오랫동안 마음이 불편했다. 그래서 나는 그들을 따로따로 좋아하기로 했다. 이 사람 따로, 저 사람 따로 그렇게 말이다.

인간과 인간이 이렇게 서로 좋아하는 일이 어려운 일인가 보다. 그것은 일방적인 외길이고 또 까다로운 외줄 타기 같은 것인가 보다. 이런 일 하나를 두고서도 여간 어려운 일이 아니다.

우리, 함께 멀리 갑시다

인간은 누구나 자기만의 독특한 인생이 있고 거기에 따른 경험이 있다. 하여 무언가 가슴속에 하고 싶은 말이 있게 마련이다. 그것을 문자 언어로 표현해내는 것이 글이고 그런 글 가운데서도 보다 짧고 강력하며 임팩트가 강한 글이 시다.

내용 면에서 시에는 하소연과 고백이 많고 표현 면에서는 짧고 간결한 것이 특징이다. 누구나 그렇게 글을 지으면 시인이 되는 것이다. 시인이 처음부터 태어나는 것도 아니고 따로 선택되는 것도 아닌 것이다.

이번에 공주시청의 지원으로 공주풀꽃문학관에

오늘도 네가 있어 마음속 꽃밭이다

서 제1회 풀꽃시인학교를 운영했다. 응모자가 많지 않았고 남성은 한 사람도 없어서 섭섭한 마음이 들었다. 하지만 시인학교를 운영하면서 나는 많은 것을 느끼고 배웠다.

평소 나의 믿음대로 누구나 시인의 자질을 가지고 태어났다는 것을 확인한 점이 첫째 생각이고, 비록 출발은 늦었지만 부지런히 열심히 쓰기만 하면 앞서 글을 배우고 쓴 사람보다 얼마든지 더 잘 쓸 수 있다는 것이 둘째 생각이다.

성경책에 이런 구절이 있다. '나중 된 자가 먼저 되리라.' 그러하다. 비록 나중에 출발했지만 부지런히, 쉬지 않고 가기만 한다면 먼저 출발한 사람보다 앞서서 갈 수 있는 일이다. 이번에 나와 함께 공부한 사람들이 모두가 그런 분들이다.

그분들에게 감사의 인사를 적으며 글 쓰는 길, 결코 쉽지 않은 길이고 멀리 가는 길이니 함께 손잡고 멀리까지 가자고 말하고 싶다. 그 길 끝에서 우리가 함께 웃는다면 얼마나 좋을까? 상상만으로도 기쁜 일이다.

자서전을 쓴다

오래전, 어떤 여성 작가의 수필집(김수현, 「세월」.
1999. 샘터사)을 읽다가 짐짓 놀란 적이 있다. 그녀의
수필은 형식만 수필의 옷을 입고 있었지, 자서전이
나 마찬가지였다. 처음부터 끝까지 생애의 여러 가
지 장면들을 소재로 하고 있었으며 추억들을 담고
있었다. 글의 길이도 길지 않고 짤막짤막했다. 그런
데도 감동이 컸다. 문장이 정확하고 깔끔하기도 했
지만 자신의 삶에 대한 진지한 반성을 담고 있었기
에 그러지 않았나 싶다.

실상 글에서 체험의 문제는 중요하다. 어떤 사람

오늘도   네가   있어   마음속   꽃밭이다

도 자기가 체험하지 않은 것은 제대로 쓸 수가 없는 일이다. 그러기에 '글은 체험이다'란 말이 있어 왔다. 흔히 체험이란 말은 경험이란 말과 혼용하기 쉽다. 그러나 체험과 경험은 조금은 구별되는 구석이 있다. 두 개의 단어 모두 무언가 몸으로 겪어보는 것을 의미하지만 경험은 가볍게 습관적으로 해 보는 것을 말하고, 체험은 몸으로 겪어보는 일이긴 해도 잊히지 않는 그 무엇을 말한다. 자동차 바퀴 자국에 빗댄다면 경험이 아스팔트 길 위에 가볍게 난 자국이라면 체험은 진흙길에 깊게 패인 자국과 같다 할 것이다.

흔히들 문학 작품에서 상상력의 중요성을 강조하는데, 상상력이란 것도 체험의 바탕 위에서 형성되어야 생명력이 있다고 생각한다. 체험이 보장되지 않으면 그것은 공허할 것이고 끝내는 감동을 상실한 상상력이 될 것이다.

소설의 경우에도 한 소설가의 소설집을 통째로 읽다보면 내용이나 기법에서 엇비슷한 점을 많이 보게 된다. 이것 또한 소설 작품이 소설가의 체험 한

계를 벗어나기 어려워 그런 것으로 생각된다. 그래서 능력 있는 소설가, 스케일이 큰 소설가일수록 소재나 기법의 외연을 충분히 확장하려고 노력한다 할 것이다.

수필이나 소설과 같은 산문 형식의 문학 작품도 그러하지만 시 작품은 더욱 자신의 경험 한계를 벗어나기 어렵다. 시는 주로 감정을 그 대상으로 다루고 타인의 문제보다는 자신의 문제에 의존하는 경향이 강하다. 또한 시인 자신의 일로 볼 때도 외부의 문제보다는 내부의 문제를 집중적으로 다루는 것이 시다. 끝없이 자신의 내면을 응시하는 것이 시다. 그 내면을 우리는 때로 추억이라고도 부른다. 이렇게 자신의 내면을 응시해 체험의 옹이에서 진한 감정의 파장을 퍼 올리는 것이 시다. 그러므로 시는 더욱 체험에 의존하고 시인 자신의 생애를 소재로 삼곤 한다. 시야말로 시인이 감정으로 쓰는 일기일 수밖에 없고 감정의 자서전일 수밖에 없는 문학 장르다.

그래서 나는 그즈음, '시는 자서전이다'라는 명제 하나를 얻게 되었다. 이를 보다 확대시키면 '문학 작

300   오늘도 네가 있어 마음속 꽃밭이다

품은 자서전이다'라는 명제가 될 것이다. 왜 진즉 이런 걸 알지 못했을까? 이런 생각과 각성은 타인의 작품을 읽는 데에도 많은 도움을 준다. 과연 이 작품은 이 작가의 생애에 어떤 의미를 주는 작품일까? 어떤 체험으로 이런 작품이 나왔을까? 그런 생각을 앞세우며 작품을 읽다보면 작품이 보다 환하게 다가오기 마련이다. 그렇다. 모든 작가는 전 생애를 통해 자서전을 쓰고 있는 것이다. 그래서 나는 후배 시인들에게 '자서전을 쓰는 심정으로 시를 쓰라'고 가끔 말하기도 한다.

시를 쓰려는 소년에게

무엇보다도 사랑하는 마음을 가질 일이다. 사랑한다는 것은 내 관점에서 나 좋은 대로만 생각하고 행동하는 것이 아니고 다른 사람의 관점에서 생각하고 바라보고 듣는 것을 말한다. 그렇게 함으로써 세상을 더 깊고 아름답고 섬세하게 바라볼 수 있는 눈과 귀가 열린다.

그뿐만 아니라 사랑하는 마음을 가지면 나 자신까지도 객관적으로 바라볼 수 있는 안목이 생긴다. 나는 또 하나의 타인이다. 그렇게 되면 모든 것들이 안쓰럽고 눈물겹고 불쌍하게 여겨질 것이다. 말랑말

랑해질 것이다.

그 마음자리가 바로 시가 씨앗을 내려 싹이 트고 자라는 자리, 꽃이 피고 열매 맺는 자리다. 절대로 사랑하는 마음 없이는 시를 쓸 수가 없다. 아니 시가 찾아오지 않는다. 나아가 사랑하는 마음이 겸손한 마음을 낳고 겸손한 마음이 부드러운 마음을 낳는다. 이 겸손한 마음, 부드러운 마음이 시를 키우는 또 하나의 원동력이다.

사랑하는 마음은 사람에게만 한정되는 건 아니다. 그 마음은 이 세상 만물로 확대 발전될 수도 있다. 풀이나 나무, 꽃, 풀벌레, 새, 나아가 흰 구름이나 물소리, 바람과 같은 자연현상에까지도 사랑하는 마음이 가닿을 수 있다. 그렇게 되면 그들은 사람과 같은 인격체로 바뀌고 동일시 현상이 일어나고 의인법의 대상이 된다.

의인법, 사람이 아닌 대상을 사람처럼 생각하고 표현하는 방법. 의인법 안에서 모든 사물은 생각하고 말하고 듣고 행동하며 인간과 동격이 되고 나아가 인간과 더불어 호흡하고 대화를 나누게 된다.

여기에서 우주 만물이 소통하게 되고 한 가족이 되며 원융圓融한 세상을 이룬다. 이것이 바로 시가 바라고 꿈꾸는 세상이고 하나의 비밀이다.

오늘도 네가 있어 마음속 꽃밭이다

늙은 여름

날씨가 많이 좋아졌다. 작년보다 올해 여름은 비도 자주 오고 그래서 더위가 그다지 지악스럽지 않았는데 그 더위마저도 고개를 숙인 것이다. 아침저녁으로는 제법 선선한 바람마저 불고 새벽 무렵에는 자다가 깨어 열어놓은 창문을 닫아야 할 만큼 기온이 내려갔다.

그래도 한낮의 햇볕은 아직도 맹렬하여 따가운 느낌이다. 이 햇빛이 바로 곡식과 과일을 익게 하는 햇빛이다. 라이너 마리아 릴케가 「가을날」이란 시에서 '마지막 과실을 익게 하시고/ 하루 이틀만 더 남국의 햇볕을 주시어/ 그들을 완성시켜, 마지막 단맛이/ 짙은 포도주 속에 스미게 하십시오'라고 노래한 바로 그 햇볕이다.

자전거를 타고 골목길을 가다보면 쓰르라미 소리가 들린다. 쓰르라미는 늦여름에 우는 매미다. 쓰르르 쓰르르르, 길고도 푸른 강물을 하늘에 풀어놓는다. 마치 비단 피륙을 푼 것 같다. 쓰르라미 울음소리는 더위가 한풀 꺾이고 여름이 가고 있음을 알리는 증거다. 나도 모르게 섭섭한 마음이 든다. 아, 올해도 벌써 여름이 가는구나!

우리가 덥다, 덥다, 그러면서 불평하는 것도 실은 우리가 살아 있는 목숨이어서 그런 것이다. 만약에 우리가 이미 죽은 사람이었다면 그런 마음을 가질 수도 없는 일이다. 이 얼마나 다행스러운 일인가.

언제 다시 여름을 맞이하고 여름 더위와 맞설 수 있을까? 적어도 1년은 앞으로 우리가 꿋꿋하게 잘 살아있어야 하고 버텨야만 가능한 일이다. 그러기에 여름이 기우는 것이 섭섭한 일이고 더위조차도 아쉬운 느낌이 드는 것이다.

오늘도 네가 있어 마음속 꽃밭이다

연중 흰 구름이 가장 아름다운 때도 바로 이즈음이다. 하루에서도 저녁 무렵이다. 주로 동쪽 하늘에 높이 솟아오른다. 뭉게뭉게 아래에서부터 위로 솟구쳐오르는 흰 구름 덩이를 보면 감탄이 저절로 나온다. 아, 하는 소리와 함께 가슴이 하늘을 향해 열린다.

그것도 푸른 산이나 나무숲을 배경으로 피어오르는 흰 구름이 제일 눈부시고 아름답다. 장관이다. 저 거대한 햇솜의 덩이. 햇솜으로 지은 궁전. 그것도 시시각각으로 형체가 변해가는 궁전.

눈이 부시지 않을 수 없다. 가슴이 열리지 않을 수 없다. 마음은 먼 곳으로 가고 먼 곳에 있는 한 사람을 꿈꾼다. 가슴이 벅차오른다. 나 자신이 흰 구름이 되어 두둥실 하늘로 떠오른다.

자전거 페달을 밟다 보면 벌써 삼베옷이 맨살에 껄끄러운 느낌이 온다. 이것 또한 여름이 기울고 있다는 증거다. 삼베옷은 습기가 많고 더운 여름철에만 입는 옷. 습기가 빠지면 뻣뻣해져서 입을 수 없게 된다. 그래서 8월이 지나면 입지 못하는 옷이다.

이제 삼베옷을 입을 날도 며칠이 남지 않았다. 이

옷을 다시 입으려면 1년 동안 잘 살고 잘 버텨야만 한다. 생각해보니 이 또한 섭섭한 마음이다. 노염이란 말이 있다. 늦더위란 뜻인데 이는 늙은 여름을 말한다.

여름이란 말도 그 앞에 늙었다는 말을 붙이고 보니 애처로운 느낌이 든다. 여름아, 잘 가. 우리 좋은 날에 다시 만나. 저무는 여름에게 손 흔들어 미리 이별을 고해본다.

속이 들여다보이는 문장

애당초 내 문장의 발성은 시였다. 기본이 그랬다. 그러므로 산문이 잘되지 않았다. 산문으로 쓰기는 했지만 그것이 시의 문장 비슷한 것으로 나왔다. 말하자면 불완전한 산문이었던 것이다. 정작 산문다운 산문이 쓰인 것은 오십 대 초반. 이미 산문집을 몇 권 낸 뒤의 일이었다.

이미 낸 산문집 몇 권은 필요악이었다. 어쩔 수 없이 그렇게 되었다. 그래도 나는 산문작가가 아니다. 특히 독자들에게 그랬다. 열 권도 넘는 산문집을 냈는데도 내가 산문을 쓰는 사람이라는 걸 아는 사람은 그다지 많지 않다. 나의 독자들은 한사코 나의 시만을 기억하는 독자들이다.

그런데 왜 산문을 쓰는가? 시로 쓰고서 남는 말이 있어서 쓰는가? 아니면 시로서 쓸 수 없는 말이 있어서 쓰는가? 그 둘 모두가 해당한 일이겠지만 나에게는 후자의 편이 좀 강하다고 말할 수 있겠다. 그만큼 산문에는 시가 따라갈 수 없는 좋은 점, 덕성이 있다. 품이 넓어서 인생을 감싸주는 여유가 있다.

나는 속이 들여다보이는 문장을 나의 산문에게 요구한다. 오해가 없는 문장을 요구한다. 까다롭지 않은 문장을 요구한다. 무엇보다도 그래야 한다. 시의 문장에서는 약간의 애매모호가 인정된다고 그러겠지만 산문의 문장에서는 전혀 그렇지가 않다. 자기 주장만 줄창 늘어놔도 안 된다. 독자를 생각해야만 한다.

그래서 산문 쓰기가 어렵다. 독자한테 호응받기가 어렵다. 그런데도 나는 산문 쓰기를 포기하지 않는다. 그만큼 산문은 나에게 매력의 영역이다. 이 책은 그동안 내가 낸 산문집 가운데서 가려 뽑은 글들만

오늘도 네가 있어 마음속 꽃밭이다

모은 책이다. 일테면 산문 선집이다. 나로서는 첫 번째 책이고 또 이것은 내가 문단에 나온 지 50년을 기념해서 내는 책이기도 하다.

고맙다. 열림원. 그 아스라이 바라보이던 선망의 출판사에서 내 책을 내주마고 먼저 손을 내밀어준 것, 오래 잊지 못할 일이다. 정중모 대표님과 김종숙 편집장께 감사드린다. 다시 한번 향그러운 찻잔 앞에 마주 앉고 싶다.

2019년 가을 입구

나태주 씁니다

오늘도 네가 있어 마음속 꽃밭이다

초판 1쇄 발행 2019년 10월 10일
초판 7쇄 발행 2023년 4월 3일

지은이 나태주

펴낸이 정중모
펴낸곳 도서출판 열림원
출판등록 1980년 5월 19일(제406-2000-000204호)
주소 경기도 파주시 회동길 152

전화 031-955-0700
팩스 031-955-0661   페이스북 /yolimwon
홈페이지 www.yolimwon.com   트위터 @yolimwon
이메일 editor@yolimwon.com   인스타그램 @yolimwon

주간 김현정   마케팅 홍보 김선규 최가인
편집 조혜영 황우정 최연서 이서영 김민지   온라인사업 서명희
디자인 강희철   제작 관리 윤준수 이원희 고은정 구지영

ⓒ 나태주, 2019

ISBN 979-11-7040-004-2 03810

만든 이들_ 편집 김종숙